青少年求知文库
QingShaoNian QiuZhiWenKu

多彩校园

张 一 编

吉林人民出版社

图书在版编目（CIP）数据

多彩校园 / 张一编. — 长春：吉林人民出版社，2010.7（2021.3重印）
（青少年求知文库）
ISBN 978-7-206-06864-5

Ⅰ.①多… Ⅱ.①张… Ⅲ.①散文—作品集—世界 Ⅳ.①I16

中国版本图书馆CIP数据核字(2010)第120370号

多彩校园

编　　者：张　一
责任编辑：王一莉
吉林人民出版社出版（长春市人民大街7548号　邮政编码：130022）
印　刷：三河市燕春印务有限公司
开　本：700mm×970mm　　1/16
印　张：13　　　　字数：110千字
标准书号：ISBN 978-7-206-06864-5
版　次：2010年7月第1版　　印　次：2021年3月第2次印刷
定　价：39.00元

如发现印装质量问题，影响阅读，请与印刷厂联系调换。

目　录

一片蔚蓝晴空

潘逸虹

窗外一直在下着雨。说真的，在老师的办公室里看雨真是太不浪漫了，何况此刻，我面前的白纸上还写着三个特煞风景的字——“检讨书”，这已是第四份了……

我悄悄回头看了看张老师，嗬，他正在研究我的前三份检讨呢！他微皱着双眉，手指间的香烟冉冉升起缕缕青烟。我不由想起了电影里那些侦探们的特写镜头，难怪班上那群调皮鬼叫他“神探亨特”呢！

面对这第四份检讨书，我已黔驴技穷啦。所有深刻的认识，“痛改前非”之类的话全用尽了，想不到我这个文学社社长也有紧咬笔头、腹内空空的一天。哼，其实认识什么？痛改什么？我也不知道。这个新来的班主任，看起来是个比我们大不了多少的大男孩，谁知竟比白胡子一大把的秦校长还厉害！

哼，整整三份检讨了，他却仍毫不留情地皱着眉头说："我要你写得真实、深刻，——重写！"我只好狠狠地咽下口气，告诫自己："冷静些，诚恳些，同'亨特'弄僵了，可够你受的！"

窗外的雨似乎又大了起来。校园的草地上积了一大滩一大滩的水，天宇间白茫茫的一片。尽管在雨声中，我却仍听见了有谁在放"小虎队"的磁带："好喜欢看你，坦白眼眸，一片蔚蓝晴空……"

一片蔚蓝晴空？那天早上也是在下雨呵！我撑着一把蓝色的小伞……后来呢？后来我见她小心翼翼地抱着书包跑着，像只洁白的蝴蝶，——已被雨淋湿了的蝴蝶。后来我不知怎么地叫了她一声……于是她就飞到了我蓝色的小伞下，一脸调皮地笑。我发现，她全身上下湿淋淋的，但那双亮亮的眼睛却一点也没打湿，里面像是一片晴空……

也许就因为这，今天张老师把我叫来，严肃地说："我想要请你写一份东西……"说明了，不就是三个字？——"写检讨"嘛！

我苦思了一番，艰难地在第四份检讨书上写了起来……

"你写的既不真实也不深刻，全是空话，套话，假话！你为什么不照实写？你也是个男子汉，为什么连这点求实的勇气也没有？"张老师不知什么时候站在了我身边，目光很严厉！

我感到有什么东西在心中翻腾，尽管我一直在克制自己，但16岁男子汉的心不再允许自己被误解，不再允许自己讨好求全的沉默！我站起来，有力而清晰地说出了让我自己也震惊的话：“老师，我没有错！因为从来没有一个时刻，能比在雨中为同学撑起一片晴空，让我感觉那么纯洁、那么坦然！尽管我也曾因她是个女生而犹豫而心跳，但当我把伞举到她淋湿的头上，碰到她真挚的目光，我是从容镇定的，我第一次觉得自己长大了，是个男子汉！是个称职的班长！”

我激动地说完后，沉默地等待着，等待着一场暴风雨的来临……

可是，我几乎不相信自己的耳朵，一个充满热忱赞扬的声音在对我说：“小伙子，为了你这番话，我等了很久！”当我看见张老师那双明亮、欣喜的眼睛时，我似又看见了一片晴空……

雨，不知何时停了，校园的草地上露珠闪亮，一群少男少女开心地笑着，他们的头上是一片蔚蓝晴空！

姓方的女孩

◎刘　鑫

或许是受赵薇的影响，现在的女孩子开朗得出奇，一天到晚叽叽喳喳无休无止，甚至到了语不惊人死不休的境界。就连“南开”这样的学府里，也不乏其人。

“借我《英汉辞典》用用，可以吗？”她从前排扭过头问。

“没看我正用着吗？等一会儿。”我不耐烦地边回答边查着单词。

“别等了，救命的，快点快点！”她催促道。

“叫我三声‘好哥哥’就借你！”我大声喊道。本以为这下她一定会知羞地躲开，没想到——

“三声好哥哥！”她说，“行了，现在叫完了，借我吧！”说着一把抢过了字典。弄得我不知所措地愣在那儿，哭笑不得。

她就是方灵鸽，用她的话说，她是一个很“特”很“特”的女孩。她的“先进事迹”恐怕也只有用“特”来形容。

很巧，我俩在同一个兴趣小组，学习文学鉴赏。真想不到这种人竟也爱文学！一天，老师上课讲到古人的名字分为姓、名和字以及号等等。下课后，她也学着给自己起字、起号，还兴冲冲地告诉我，她比古人还多一种名字——小名。然后就死缠着让我猜她的小名。

“二流子！”我不屑一顾地说。

“差不多，不过不对！”她竟然还是微笑着说，“你好好猜，猜对了可以中我颁发的大奖。”

我想了想，方灵鸽，别人的小名都是最后一个字的重复，那她就叫——“鸽鸽！”我喊出来。

“干什么呀，小弟弟！”她学着男声的腔调回答。我方知中了圈套，生气地挥了挥拳头。她却一笑，递上一张白纸，“给，大奖，写作业用的。”

我有时真是佩服她的天真、快乐和潇洒，有时也和她讨教快乐的方法，而她每次都故作神秘地俯在我耳畔，低声说：“不告诉你！”

没办法，这个小乐天派就是这样诡异，就连课堂上也要发挥一下。

记得那次语文课前的演讲，她倏地从我前面站起，轻盈地蹦到讲台。不过好景不长，面对台下射来的几十束目光，她的面容不免带有些恐慌，后来愈演愈烈，最后几乎就要哭出来了。就在这千钧一发之际，只见她双手卷成筒状，冲着台下大喊一声："啊！——"声音高亢而洪亮，清脆而持久。这一惊人的举动倒弄得满座寂然，鸦雀无声。再看她，却很快变了副模样，若无其事地对大家说："这就是我今天演讲的题目——不妨大吼一声。在你受到巨大压力和困难时，不妨大吼一声，你会发现原来自己是那么的了不起。"接着，她又绘声绘色地描述了她个人的一次经历——如何大吼一声吓跑一只老鼠的事。最后以一个深深的鞠躬礼结束了这次演讲。

我真的服了，因为她的爽朗，因为她的可爱，更因为她的格言——最愿意拥有的便是快乐，最愿意获得的便是成功。噢！真的很高兴结识这样一个姓方的女孩。

九　妹

张婉凝

九妹走了。

九妹还是那样漠然地挥挥手，便踏上了远去的列车。九妹去学服装设计。大家议论纷纷，有羡慕的，也有不屑的。九妹平日里极喜欢摆弄些烂布之类的东西，说来也怪，再难看的布条经她一摆弄，便很真切地变成了只只可爱的小动物。但却极少有人羡慕她、赏识她。

九妹不是妹妹，相反，在我们班九个女生中她是“大姐”。

记得她刚到班上那天，小心翼翼地跟在班主任后面挪上讲台。宽大的衬衫沉重地托起瘦小的身体，手臂和腿又瘦又长，这让我想起夏衍笔下的“芦柴棒”。惟一中看的就是那高高挽起的长发了，插着个小巧玲珑的水晶簪，那无意间垂下的几缕细细长长的发丝，却透露出挡不住的娇柔。于是我们很自然地联想到一句歌词：“花瓣飘落你身下。”于是这首歌的歌名“九妹”便作为她的代号流传开来。

九妹真名叫雷柳，读着有些拗口。但“九妹”这个名字我们只在背地里叫。几个星期后，我竟在课堂上叫起了“九妹”，然而她却很自然地回头问我干什么，我措手不及，只得尴尬地笑笑。她不笑，只是漠然转过身去。

或许是缘于这一次吧，总觉得九妹还蛮不错的，于是我们便有事没事地找她聊聊天。说好听些是“聊天”，实际上是让九妹充当我们这一帮“麻雀”的听众。九妹不高兴也不反对，她会将手中的东西放下，静静地听你说。九妹极少“发言”，有的只是很简洁的答应声。九妹不笑，即使说到好笑处，也只是漠然地看一眼窗外，然后将视线重新移回我们身上，暗示我们“继续”。于是，便有人说“九妹是水做的”，九妹自己也听到了，仍旧不以为然地抿抿嘴。

九妹挺喜欢荡秋千的。每天晚上放学后，九妹都要去那“紫藤园”中荡秋千。九妹的秋千不是人工做的，是天然的两条紫藤垂下而形成的。九妹荡秋千有些随心所欲，时快时慢，但幅度极小，荡秋千时也是那样漠然的表情。我们偷偷地剪断了紫藤，九妹重重地摔了下来。她似乎早料到了，很不以为然地看了我们一眼就漠然地走了。从此九妹再也没有来过这片紫藤园，再也没有荡过秋千。

但我也曾亲眼目睹过九妹的笑。那次考试全班只有她一人没有及格，刚好 59 分。其实，那次考试内容大家都没怎么接触过，考试时的翻书声响成一片。但我知道，九妹没有翻书。后来有人替她可惜，九妹笑了，九妹说，其实没什么可惜的。九妹似乎还挺高兴。尽管成绩一向优秀的她惟有那次掉在了 100 名之外。

九妹也有受欢迎的时候。体育课上，女生们打排球，九妹不参加，但她总是帮忙捡球。有一次我们的排球被男生“掠夺”了，女生们一个个不知所措。只有九妹，偷偷地将男生的足球也“掠夺”了。于是采用“交换战术”，排球又在女孩们的欢笑声中飞扬。这时的九妹让我们打心眼儿里佩服。

可是后来，九妹病了，九妹不看医生。九妹说，有许多病是人的免疫系统可以自动克服的。于是，九妹每天发烧，终于倒下去了。

我们去看她的时候，她刚拔掉了针管。九妹说我的“A”字裙很合身，并盯着看了老半天。后来她缓缓拿出一沓厚厚的布条，说是要给我家的“乒乓球”（狗）缝件衣服。我们笑了，她也笑了。这是我第二次看见九妹笑。九妹不爱笑，但笑起来却很甜。

后来，九妹便踏上了远去的列车，去了一个北方小城，学习服装设计。

毕业后，我们收到了九妹一封字迹极不清楚的信。“我得的是骨癌。为了圆梦，我将自己想象成去学服装设计。……生活中有许多美好的东西，然而冰冷的我却一一错过了……”随后几天，我们便听到九妹的母亲沉甸甸的哭泣声。

这时我们才明白九妹为什么那么瘦……

其实，我们也明白了许多。我们都哭了。

是的，生活的悲剧不在于人们没有什么，而在于人们失去了什么。九妹，你什么也没失去，是我们失去了。

我们的九妹……

走进成年

◎ 侯烨哲

过了生日，也参加过成人宣誓，我满 18 岁了。听妈说，她们年轻时特怕说 18 岁，头一年说 17，第二年说 19，高低不说 18。18 那个年纪带给她们一种莫名的惶惑，好难逾越。先前听妈说时只是觉得有趣，到今年我 18 了，居然也有了学过的课本虽然一天天加高，未知的问题却越来越多的体会。

为什么从这一天开始，会有一些令人棘手的事找上门来，也有一些令你尴尬的局面突然出现；为什么从这一天开始，男女同学接触开始掌握最佳距离；老师不再像妈妈而成为朋友；学习不再是负担而成为一种责任……也许这些问题都深奥，来不及在同一时刻找到答案。那么就说眼下吧，打开报纸，触目皆是的“性感”明星的报道，就弄了我一头雾水：

黎明——获最性感眼神奖；

木村拓哉——日本最佳新人，最受欢迎的男星，最性感男星；

玛丽莲·梦露——性感女神；

叶子楣、叶玉卿为“最性感女星”头衔争得不可开交。

标题题目，连篇累牍。

许久以来，我每看到“性感”这个词，脸上总有莫名的红云腾起，眼光左绕右绕不敢直视它，把昨天的自己弄成了一株“含羞草”。但毕竟，18 岁是一个极不安定的化学元素，今天我执拗地想把这个词弄个明白。

我私下里查过字典，结果《辞海》、《辞源》统统查遍，关于“性感”一词，却无考。莫非这真是个不太体面的词儿，像我们这样的半大孩子本来就该像躲地雷一样绕着它走？

那天，学校组织游泳，我穿着一件漂亮的泳装刚在游泳场上亮相，几个女孩就大叫起来：“哇，真性感呀！”我怔了一下，心里也不知人家是夸我呢还是骂我。我难为情地问：“什么是性感？”一个女同学说：“如果你的外貌非常夸张，非常吸引异性，你就很性感。”“还异性？”我怀疑地说，“那就不是什么好词儿吧？”几个女同学便哈哈大笑起来，七嘴八舌地说：“男孩子魁梧是性感，女孩子窈窕是性感。‘魁梧’、‘窈窕’都是褒义词，难道换个词儿就是贬义了？”还有个女孩子说：“这也怪那些满街飞的小报，把‘性感’这个词儿说烂了，说俗了！”

我一听也乐了，一个无根可寻的词就这样被同学轻轻松松地做了诠释，原来“性感”一词并非十恶不赦。晚上，我独个儿发呆。可笑初涉成人之河的我也太过于敏感，一开始就给自己设了围墙，莫名其妙地关闭了自己，框囿了自己，一个“性感”竟弄得我不知所措。

如同“性感”一词找到解释一样，18 岁的惶惑亦在我心中悄悄淡化。此时仿佛身后有人在追在赶，我匆匆拔出那只被漩涡裹了一下的脚，不顾一切地跑到开阔的青草地上，大着胆子放飞对成年的憧憬。

“淑女”一天

陈丹华

“咚、咚、咚”我迈着“雄劲”的步子冲上了楼。“我回来了！”进门便是一声大叫。正在厨房的妈妈无可奈何地摇摇头说：“唉，说了多少遍，脚步轻一点，声音小一点，你这样，哪像个女孩子，真怀疑当年你是否投错了胎！”“妈——，”我更是无可奈何，“您唠叨得累不累呀，唉！”

话虽这么说，可心里并不踏实，想想班上的芳芳，文静、秀气，大家都说她是“淑女”，妈妈也多次拿她作样板来“教育”我，难道我真应该改改，学学她？

我彻夜难眠，思索良久，终于下定决心：从明天开始，实施我的“淑女计划”。

第二天早晨，我吃早餐时，一改平日“拿着面包，滔滔不绝”的“风姿”，一言不发地吃完后，轻轻说一句：“爸，妈，我走了。"便"蹑手蹑脚"地走下楼梯……

骑车刚出路口，便看见了不远处的洪帆，我正准备大声喊她，突然想到了"淑女"二字，赶紧将已到舌尖的话咽了下去，骑到她身边，再轻轻地在她背上点一下，待她回头时，伴着一声"你好！"送她一个淡淡的微笑，满以为她会惊喜地说："怎么变得这么'淑女'！"哪里知道，她竟瞪大眼睛望了我许久，吃惊地问我："你，你怎么了？是不是因为昨天成绩单发下来了心情不好？"天！她怎么会这样想我?！洪帆的误解像一盆凉水泼到我的头上，我的热情又消失了一大半，但想起妈妈的唠叨，芳芳的"淑女形象"，我又鼓起勇气，继续执行"淑女计划"。

下课了，物理老师夹着课本走了，可我还有一个题目没弄懂，只好问后面的"博士"余毅了。这次，我格外"客气"，先小声对他说："余毅，不好意思，打扰你了，实在抱歉！"这才将书递到他面前，轻声问道："你可以给我讲讲这个题目吗？"谁知这"客气"却让他愣了半天，盯着我，像看怪物似的，直到我又问了一遍，他才回过神来，给我讲了题目。我听完后说了声"非常感谢"便转过身去，仔细听他对我有什么"高度评价"，不料竟听到他小声对同桌说："你说陈丹华今天怎么这么反常？是不是对我有意见，怎么这么客气？"我的天！又被误解了，又是一盆凉水！

要买饭了，平时我总是冲向饭厅的。兰岚老说我太性急了。今天我就按她的希望做，她总不会说我“反常”了吧！

在去食堂的路上，我第一次与兰岚慢悠悠并肩而行，一路上，她看了我好几次。我心中暗喜，她一定发现了我的变化。到了食堂门口，她停下来仔细地打量我，我很紧张，心想听到她的赞扬后我该怎么回答。谁知她竟用手摸摸我的额头，关切地问：“你今天是不是病了？”我真是啼笑皆非，无话可说了。

回到家里，我轻轻推开房门，虽然我的“淑女计划”在学校里实施了一天，没听到一句赞扬，获得的全是惊讶的目光，难以想象的误解，但这可是妈妈要我学“淑女”的呀，再怎么说，也应得到妈妈的一句“高度赞扬”吧，可实在不曾想到，妈妈见我回来后，连忙走到我跟前，帮我拿下书包，不安地问：“华华，你今天是不是不舒服呀？”听了这话，我差点昏了过去，唉，我的“淑女计划”算是彻底泡汤了！

我拿出镜子，照照自己，怎么就不能成为像芳芳那样的淑女呢？我调皮地朝镜子扮了个鬼脸，突然觉得此时的我更可爱。我终于明白，自然才是最美的，看来，我的“淑女生涯”也只有这一天了！

理科班的女生

刘 琼

理科班的女生并不另类，但体味一句友人“与文科班的不可比”之中蓄含的真意，确系一番感慨，却又寻不出答案，就这样秋千般遥遥地荡去荡回。

直到一日，自己教室的门没开，无意识地坐进政治班，才真切地感到与本班完全相异的氛围。一位女生迈进教室，清风撩动云发，整个教室弥散着淡淡的馨香，女生们外露或内敛的书卷气，悠然而闲适的氛围是这辈子也休想企望的了。

略带凄然地踱回自己的根据地，外语课代表正晃进教室，卷着头发，红着眼睛，提着一袋烧麦。——紧张。理科班从早自修便开始一天的忙乱，何尝又敢用时间去欣赏一段风景，咀嚼一只鸢影？

“理科不是女生的强项，但也有出凤凰的。”这个“也”

字听得真不是滋味，还有班主任时常挂在嘴边可以把人逼疯的话“我就怕理科班女同学多，女生读书不好是很正常了。我们那里，读书好的都是男生，女生都是掉在后面的。”于是，从一开始我们便是被一班老师从门缝里窥视的一群。班里等级森严，气氛沉郁，随着化学课的开始，便带走一天的快乐。每遇到难题，班主任的眼光便不自觉地在男生中搜索，一份莫名的不平使自己的思想再也集中不起来，以后便龟缩在前排，不再抬头，长叹显得无力、无尽而且无奈。黯然的虚空，似使一切都丧失重心。

于是，开始真正体会一句“可能世界并不残缺，真正残缺的只是自己，也可能世界并不完美，而我们只能依附于某种缺陷。”

有时，伴自己孤独地走回往昔，发现自己真的变了很多，或者说失去了很多，自负和狂妄早不复存在，恐惧和惶惑竟盘踞了全身心，理科老师所传染给我们的是一种无法企及的颓废和没有理由的自卑，不愿说前途幽暗凄迷，却已无法走出头顶上的一抹灰色。已逝的日子和即逝的日子虽不曾挥霍，但是，到未来，闪现老师们的名言确难离散一份心悸意乱。现实却不会因为是否逃避而成为其他任何东西。有时狂做功课，真的很“无我”，是渴望成功还是害怕失败？或许都是，也或许都不是，但终将落定于后者。竟学会了多愁善感，忍辱负重，麻木而又敏感，同情心会随时溢出来溅在别人身上，好友笑劝“同情心应该留着给自己”。可能更多的时候，自己更值得同情。

高考逼近，因为惧怕老师们犹在耳际的名言是否应验，惧怕即将到来的某种真实，竟无法再坦然，始终不敢问清背负着这沉重的十字架，在极其不公的条件下去和男生竞争，终究是为了什么？

住校女生

司亚明

喧闹声渐渐息了，教学楼上不再有灯光。星星在夜空中闪烁，几片树叶在昏黄的路灯下轻轻飘落。晚自习后，校园又恢复了平日的宁静。

“……陈百强还是去世了。唉，再听《义不容情》真有点想掉泪……”“……要是有机会去香港，我一定到他墓前献束鲜花。”迎面走来两个提水瓶的女孩，她们在轻轻低语，这就是我们的住校女生。

住校女生是学校里一个特殊的群体，七八个人住一间宿舍，像个没有长辈的家庭。她们是同学，相互间又多了一层亲情，像朋友，更像姐妹。她们同悲同喜，为了听一个伤心的朋友倾诉郁闷，可以半夜起床，绝对够朋友，为了别人的生日party甘愿掏自己的腰包。她们还不乏天真，五花八门的玩具娃娃分放在各自床头，那是女孩的标志。每个人都有爱称，它只流行于住校女生中，就像家人唤的小名。

“燕儿，又吃上了！减肥操做了吗？”被唤作燕儿的女孩赶快放下啃剩的面包，站了起来。“你还晃，天快塌了！”那边喊。上铺床边突然伸出个脑袋：“我枕头呢？”瞧，每天晚上这时总要闹一闹，真过瘾，课堂上的乏味一扫而空。

谈话时有时也会有些骇人的话题。这不，都熄灯了小蕾才跑回来，神秘兮兮的：“知道吗？咱们这层楼，文化大革命——吊死过人！”“啊！妈呀！”一声尖叫。接着，一阵骚动，一个被窝里钻进了两个人。宿舍突然静下来，静得让人窒息，但只持续了一两分钟，就听到有人轻轻地笑，大家跟着都笑起来，越来越轻松，越来越热闹，恐怖一扫而光。

“吵什么！睡觉！”走廊里传来喊声。这下你明白了，住校女生不是自由公民，有管理员看着：绝对得遵守纪律。

女孩子总比男孩恋家，住上三四天就耐不住了。请假必须班主任签字，怪怕人的，不请假不许回家。可住校的女生们有办法。今天阿檬偷偷回家了，剩下几个就换床睡。熄灯以后，什么也看不清，管理员查房点名时，几个人吵吵嚷嚷，混乱中就有人替阿檬答应一声，这招倒经常奏效。有时候.她们也会故意铺开回家者的被窝，搞成刚有人起来的样子。管理员问：“人呢？”有人答：“去洗手间了。”然后是热情的邀请：“老师，这么晚还不睡呀，吃点饼干吧。”“喏，这有瓜子儿。”管理员被这片盛情搞得有些不好意思，没有再追问下去。她转身走出房间，将门轻轻带上。这时，大家脸上都露出了会心的怪模样。

她们中间很多是独生女，却并不因娇生惯养而显得自私、霸道。她们保持着女性体贴、温柔的本色。这两天，燕儿病了，蜷在被窝里，露出苍白的小脸儿。姐妹们不再大声说笑，都主动帮燕儿打水、擦脸，争着把自己的热水袋塞进她的被窝。燕儿在一片温暖中沉沉睡去。朦胧中，燕儿感到一个人无助地狂奔在荒野上，不远处紧跟着一双暗绿的眼睛……她在一阵惊慌急躁中惊醒，没有狼，却看到姐妹们穿着拖鞋，披着毛衣站在她床前。“燕儿，又作梦了，喝点儿水吧。”看着几位细心、体贴的朋友，燕儿默默接过茶杯。悄悄地，一滴泪滑入杯中，燕儿品出的是一片浓浓的爱意。

笑也好，哭也罢，这群姐妹中没有虚假。离开妈妈的日子，她们学会了团结、关怀，用集体的力量遮风挡雨。在大人面前她们敷衍、沉默，有时说谎，在他们中间没有伪装。尽情地发泄吧，有许多爱心跟着你跳动。你有过这种感觉吗？这是友情中的精品。明日我们还会相逢，相拥着再笑吧，可爱的住校女生！

永恒的身影

◘ 施越荣

天边的夕阳渐渐地沉了下去，对面又亮起了那盏熟悉的橘黄色的灯，他的身影又出现了。一连好几晚，他始终那么专注地低着头。思幻想：他一定是个英俊用功的男孩子！就像是罗丹的某件作品。他的身影深深地吸引着、震撼着思幻。对着他，思幻就从不感到疲倦。对着他，一道道难题迎刃而解，一个个蚯蚓似的字母变得格外生动起来，一首首乏味的古诗词也有了诗情画意。

“我们的幻幻终于长大了，我想这一次她一定能考上。”妈妈扒着门缝兴奋地说。爸爸同意地点点头。是啊！以前那个不懂事爱幻想的小女孩终于想读书了。

思幻偷偷朝门外扮了个鬼脸，转过身冲对面的身影甜甜地笑了笑，没人知道原因。

思幻在学校坐最后一排。就像她的名字一样，思幻喜欢托着下巴，注视那蓝蓝天上的白云、小鸟；喜欢看杨柳枝上刚刚冒出的新芽；喜欢在纯净的方格纸上涂涂抹抹。直到有一天，颤颤巍巍的数学老师一把夺过那些纸，气愤地向全班宣布思幻是“不务正业”的典型。然后那些纸变成了雪片飘散在思幻的周围。从此，思幻再没有摸过那些吸引人的文学书和洁白的方格纸。窗外的一切于她已变得遥远而又遥远。思幻整天只是木讷地盯着老师。

直到那一天，对面的灯光、对面的身影出现的那一天。

同学们明显地发觉思幻又重新开朗了起来。可又有所不同。她仍然爱幻想，仍然喜欢涂涂抹抹，可是她的成绩却直线上升了。

“难道她请了家教？”

“难道她有什么学习的秘诀？”

……同学们纷纷猜测。

谁也不曾想到，这一切只是因为思幻的对面……

夕阳一如既往地落了下去，对面的他一天天陪伴着思幻。累了，思幻会抬起头来看看对面的他，他还在。思幻会心地笑了笑，继续自己的功课……

高考如期而至，面对作文题，思幻眼前不断晃动着那英俊挺拔而又勤奋的身影，思幻才思滚滚，一段段美丽的文字发自肺腑：“……你的身影，我的永恒！”

8 月的日子灿烂如火，思幻夹在人群中，远远地便看见自己的名字悬在最高处。“XX 大学”这是思幻多年来梦寐以求的学校。思幻欢快地跳了起来。那，他呢，他有没有考上？思幻慌忙地一行行地搜索起来。“可是我并不知道他叫什么呀。哎呀！”思幻猛地拍了下头，用力地挤出了人群。“去找他，问他考上了哪一所大学。告诉他，他的身影给了我多大的鼓励！”

“咚咚咚”思幻一下子跑到了五楼。对，就是这个房间，正对着我家的那个房间。走到门口，思幻又犹豫了起来。“见到他，该怎么说呢？说‘对不起，打扰你了！’不好，像个日本人似的。那说‘请问，你叫什么名字？’，更不好，太直接了。对了，我应该说‘我早就认识你了！’……”门开了，开门的是一位满头银发眉目慈祥的老人。“小姑娘，你找谁？”

“我，我找您的孙子！”思幻总算稳住了心跳。

“我的孙子？哈哈……小姑娘，你搞错了吧，我孑然一身，怎么会有孙子？”

思幻呆住了，仔细看了看。是啊，是五楼，这个房间，这个窗口！“不，我看见的，那边的窗，每天晚上都有他读书的身影！”

“哦，你说的是他吧，你来！”老人似乎想起了什么，把思幻领进了房间。

思幻呆住了，他，他……眼泪不由地滚了下来！

“哦，你看见的身影就是他吧！他是朋友送我的一个雕像。哈哈……你真是一个爱幻想的小女孩。好吧，既然你喜欢，爷爷就送给你吧！”

思幻小心翼翼地把他捧回了家，小心翼翼地放在临窗的书桌上。思幻给他取了个名字叫“永恒的身影”！

雪地里的守望者

◎雪　孩

一转眼，冬天又过去了，盼望已久的一场大雪终于没有飘来。

记得十年前，在寄宿学校读书时，有一天夜晚下了晚自习，从教室回寝室的路上，不知说到了什么，我的同桌突然对我说："以后叫你雪孩，好不好？"

她这样说的时候，忍不住为这瞬间跳出的灵感而兴奋不已。后来，我就被好友们称做了雪孩。有意思的是，几乎每个人在称呼雪孩时都用了标准而好听的国语。也许是冬天出生的缘故罢，我竟觉得这名字在一个不知名的地方等了我很久呢。我开始在日记中如此称呼自己，好像这么称呼的时候，眼前就会出现一片银白的世界，人也回复了内心的纯真。

临毕业那一年，班上来了一名从外地转来的插班生，刚巧与我住一个寝室。我们因为住校久了，已磨炼得十分乖巧，而她却没有约束，每天晚上几乎总是熄灯以后，才一个人优哉游哉晃回寝室，问她去哪里了，回答是一个人在大操场散步。

她喜欢独往独来，走路时常哼电影《罗密欧与朱丽叶》中的一支插曲《我们的时光》，声音细细的，曲调甜蜜而忧伤。有一次我走近她的床头，发现她竟然有许多的“闲书”，而这些书是同龄人那儿极少见到的。我开始接近她，向她借书看。那时我们一些人正狂热地喜爱着舒婷与北岛，在笔记本上整段整段地抄写并背诵。我与她也因为对朦胧诗的共同喜爱，走到一起，有了夜自习后的第一次散步。

那真是一个奇妙的夜晚。就像一列火车，启动后竟停不住了，轰隆隆地朝前开。从此以后，我与她一样迷住了校园的夜晚。常常整个晚自习，就在等待它结束后的美妙时光。她开始称我雪孩，并在一个寒风凛冽的冬夜，把她那条纯白的带着温热的羊毛围巾围在我的脖子上。

少女时的友谊，在开始时的一刹那，其实恍如一场初恋，我感觉着新生活的降临，并渴望将自己整个付出。

寒假来了，她将回北方的家中过年。我拿出通讯录，要她留一个地址。她犹豫了一下，还是写了，并附了一句话：“信息的线是不牢靠的，不过既然写下来，我便等待着，我那雪孩子放出的，从远方而来的鸽子。当然，不仅是现在，也不仅是等待。”

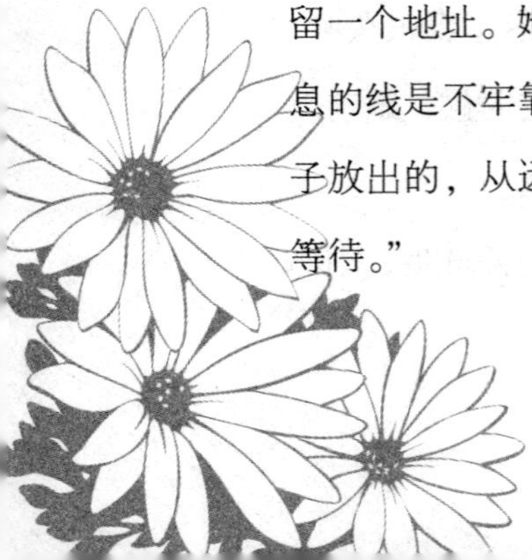

最后一次离校回家时，我们没有像往常一样地去挤车。而是沿着汽车的线路，足足走了十几站。天有些黑了，我送她先上车。借着车灯，我看到她在拥挤的车厢站稳了，然后对我微微一笑。我忽然发现，自己已经忍不住涌出了泪水。

回到家，我就开始给她写信，并计算着日子，盼望寒假快点过。我没有心思过年，也读不进书，只有一遍遍念着她卡片上寄来的话时才稍稍安定。“尽管春日百花开，可我的雪孩却要化了。等着我……”

开学第一天，我兴冲冲地奔到寝室，希望看到她早已在里面等我，并责怪我何以来得那么迟。可是没有，从上午到晚上，她的身影一直没有出现。想象中让人激动的重逢的场景落了空。但我依然抱着信心，反正已经等到开学了，早晚会来。可我哪里想得到，一个星期后，从班主任处传来可靠消息，她不再来这儿念书。她母亲坚持要她留在北方，然后在那儿参加高考。

我没有想到，在车站昏暗的灯光下的送别竟成了一场真的别离。那天晚自习结束后，我一个人去了大操场，想静静地再一次体会从前那份美妙的感觉。可才走了一圈，就觉得受不了夜的恐怖与寒冷，逃回了寝室。从此不再去校园夜游。

她后来写信来，说这事连她自己都没有料到。她与母亲抗争了许久，却最终没有拗过。她在那儿改了名字，叫骁戈，骁是勇猛的意思，戈是武器。她一直喜欢鲁迅的作品，也许又在那样的环境里感觉着压抑，所以充满了反叛的精神。她说她怀念这里的一切，一个人的时候，常常读从前的那本寝室日记，并要我跟大伙儿商量能否将这本日记交给她来保存，她一定会好好珍惜。

时光流转，也许有人根本就忘了这本日记，而她却将它视为珍宝。她给我写信时，依然称我雪孩，可在冬天夜归的路上，却再也没有人用围巾为我挡住风寒。

两年前，她从美国寄来一张照片，照片是在美国白宫后拍的。照片上的她，随意，自然，只是没戴近视镜，眼神显得有些迷蒙。

她要我也回寄她一张小照。我翻遍相册，却找不出一张合意的。正发愁，忽然看到一张自己从前没有寄出的卡片。在蓝色的背景下，一个稚拙的雪孩，正在雪地里痴痴地守望。我想，啊，这就是我。

只是不知，她是否也将那本寝室日记带去了美国？

青春美丽嘎嘣豆

◎ 鸵　鸵

不知怎么搞的，在今年收到的贺卡中，数阿虹、小颖等几个素日的知心死党寄来的卡片最奇怪。除了照例的祝福外，竟都神秘兮兮地在末尾加上一句“你有没有长青春痘啊?”被弄得一头雾水的我按捺不住好奇，跑去一家一家地敲门询问，真是不看不知道，一看吓一跳，她们个个都捧面镜子，掩住了脸不让人看。搞了半天才明白，原来是长青春痘啦!

好友中数阿虹的情况最惨，原本班中一张最精致分数最高的脸，现在竟成了青春痘的一大开发区。前额、脸颊、鼻子乃至下巴上都有颗颗“红豆”雨后春笋般拔地而起，可谓“硕果累累”。一直喜欢看小说的她书也没心情看了，整天哗哗哗地翻报刊杂志，查找有没有治疗的秘方。然后上街买回一大堆瓶瓶罐罐，什么“粉刺一扫光”啊，“珍珠粉刺露”啊，“粉刺洗面奶”啊，也不管价格是高是低，只要带上粉刺两字的统统都往脸上抹。只是东边出太阳西边又下雨，脸上的青春痘此起彼伏也没见好，有时更会恶化，一夜间又毫不留情地冒出几粒，红通通的开了张。弄得阿虹大过年的都没敢去走亲戚拜年，整日拉长了苦瓜脸对着镜子长吁短叹。

雯儿采取的则是食物疗法：给自己立了张备忘录，毕端毕正誊清了一式三份：一份压在书桌下，一份订在墙上，还有一份随身带着。备忘录上记载的戒条与注意事项足有好几页，不吃辛辣和油腻食物，不吃海鲜，不吃含脂肪和热量高的食物，多吃蔬菜、水果，云云。问雯儿有没有效，她指指脸上日渐繁荣昌盛的“豆豆”，表情愁云惨雾的，“你也知道，我最爱吃的偏偏就是这些不能吃的。每次看见饭桌上的咖喱牛肉汤，还有海鲜、巧克力之类的，我的备忘录就成了健忘录，马上管不住自己。办法再好也没用啊！”

小颖却是例外，既不打化学战也不搞食疗术，一向乐观的她笑眯眯地说“阿Q精神”此时最适合不过了，你想想长青春痘不就证明你正值青春嘛！到以后老了可就想长也没有机会喽，这才叫青春美丽嘎嘣豆嘛！对小颖，我倒生出几分敬佩来，不由地刮目相看。一日去她家借书，推开门却见她端坐于镜前，手执一盒粉饼，正左右开弓地在脸上四处打点呢！见了我急急地抓住了问：“你看这讨厌的青春痘是不是已经看不大清楚了？这里要不要再抹上一点啊！”我不由大乐，原来“阿

Q精神”终究还是要败北于爱美之心。

回头看自己，总要暗暗地庆幸自己的脸幸好还处于和平时期，却忍不住想如果我也长了青春痘怎么办？用哪一种方法好呢？

做个男孩

◎李 磊

男孩应是一个没有眼泪，只有血汗的世界；男孩应是一个没有腐烂，只有燃烧的世界；男孩应是一个没有鲁莽，只有智慧的世界；男孩应是一个没有单调乏味，只有刚柔兼济，丰富多彩的世界！

做个男孩？还是做个女孩？这个听起来特无聊的话题，却常常使我陷入沉思……

做个男孩呢？我没有浓眉大眼，也非高大英俊，尚未叱咤风云……既缺乏赛场上的英姿，又没有登龙虎榜的光耀，更不曾有“英雄救美人”的历史。哪敢傲视群雄，于是，我困惑，我叹息，我迷茫……

——其实美是说不准的，谁能说出美为何物，又有谁能真正把握美？没有苍穹的深邃，可以有流云的飘逸；没有大海的壮阔，可以有山泉的清幽；没有鲜花的芬芳，可以有小草的青翠，每个人都可以找到自己的位置呀。

要知天空的云，每朵都拥有自己的色彩，世间的万物都有其不同的特性。我虽不够英气夺人，但也温和平易。我虽不够伟岸浩然，却也幽默大度，我不是刚铁硬汉，但也能坚韧不拔。

做个男孩，小时候我就知道打针时不哭，吃药时不闹；看到蜘蛛、蜈蚣、蚂蟥……我为女孩保驾护航；家中缺米少煤，我要去买去扛；父母杀鸡儆猴时，我得受罪，遇上好吃好玩的我得谦让，最闹心的是还要干女孩子的活——洗碗洗菜。

男孩不用打扮，否则是绣花枕头；男孩不能哭，否则是孬种；男孩不可太温柔，否则就是娘娘腔；男孩不该生气，否则就小肚鸡肠；男孩不该有烦恼，否则就多愁善感，无病呻吟……男孩子要学会很多：失败了要学会坚强，成功了要学会冷静；悲伤时要学会达观，激动时要学会克制……

但是，我还是要做个男孩。因为他可以自由洒脱，他的天地太广阔！

做个男孩可以穿着一条短裤在雨中踢球，可以在泥水中摸爬滚打，可以在夜间到古墓群中乱窜，可以骑着破车在路上穷吼，他不需纤纤作细步，也无需笑不露齿，哭必掩面……

每个男孩小时候都崇拜心目中的英雄，长大后才知道他们并非是神，也是人，于是就雄心勃勃，企盼有一天超越英雄。

于是，他奋斗，他拼搏，他要用心血和智慧把自己铸造成一个英雄。无论多少次失败过，受伤过，都算不了什么！没有霜刀风剑的砍削，又怎能成为真正的男子汉！跌倒了，不要怕，要笑着再站起来！男孩的心就该包容万物！

男孩，这两个不算复杂的汉字，却拥有着太多太多的内涵：男孩应是一个没有眼泪，只有血汗的世界；男孩应是一个没有腐烂，只有燃烧的世界；男孩应是一个没有鲁莽，只有智慧的世界；男孩应是一个没有单调乏味，只有刚柔兼济，丰富多彩的世界！男孩的肩上扛的是太阳，手上擎着的是光辉灿烂的明天！

告别娘娘腔

◎ 欧阳伟平

我刚一走进教室，就听见小勇和刚他们几个在哈哈大笑，小勇站在讲台上一只手拢着头发，一只手叉着腰，嗲声嗲声地说：“嗯！你把我弄痛了。”我的脸刷地红了，他们见我进来，立即散开了，坐在各自的座位捂着嘴痴痴地笑，“你们，你们……”我气得坐在座位上哭起来。

班长走进教室，“嘀，你们这是唱的哪出戏，又哭又笑。”

“他们欺负我。”我用手指着小勇向班长告状。

“谁叫他不像个男人，好好的跟个娘们似的。”小勇不服气。

我哑了口，“我真的像个娘们吗？”

回到家，我妈迎上来接过我肩上的书包，“浩浩，妈煮了你爱吃的，快去。”餐桌上老妈一个劲地给我夹菜，“浩浩，快吃，冬菜炖肉、鸡……谁欺负你啦，嘴翘得那么高。”

我“叭”地放下筷子，“老妈，你少烦我好不好？”

我离开了桌子，扑在沙发上伤心地哭起来。

“浩浩，到底发生什么事啦？发那么大脾气？”妈妈走了过来，用手拭了拭我的额头。

“都怪你，同学们都叫我娘娘腔，都是你，都是你，我不作娘娘腔。”我没好气地哭起来。

学还是要上的，我却害怕见小勇他们，尤其怕听到他们的笑。唉，这苦日子到什么时候才出头啊。

“李浩，走，打篮球去。”体育课时班长招呼我，以往我可不敢去，外婆和姨妈她们的话总在耳边，“浩浩，你别学那些野孩子的样，成天球呀，泥呀，水呀，脏兮兮的，跟个小无赖差不离，我们浩浩可是干干净净，漂漂亮亮的男孩子。”

“好的，我马上就来。”我爽快地答应了班长。

打球可真累人，篮球在那些男孩子的手中就像有魔法似的，一到我手里就像个沉重的大南瓜一点也不听使唤。我气喘嘘嘘地叫，“班长，我不行了。”班长也是一头大汗，冲我扮了个鬼脸，“伙计，顶住，轻伤不下火线。”

打完球下来班长转动着手中的篮球，若无其事地问我：“李浩，你觉得打球好，还是和女孩子们跳皮筋，丢沙包好？”

我偷眼看了一下班长，班长也看着我。他的眼里写满了真诚，我快乐地说：“当然是打球好啦，咱们都是男子汉嘛。”

班长猛地拍我的肩，大呼小叫地喊：“这就对了嘛，男人就得玩男人自己的游戏，跟一群丫头片子玩多没劲呀。”

我惟一不敢走近的是小勇他们，老觉得他们还是心里嘲笑我，小勇是学校足球队的队长，每天下午他们一群人就在学校操场上练球，每次练球都有许多人围观，其中也有许多女生，小勇就像一匹黑马，在球场上左冲右突，来回奔抢，我知道要加入进去可不容易。

今天下午，小勇正带球过人，斜刺里冲来一个队员，飞起一脚向球铲去，球未铲着，小勇却被铲翻在地，全场惊呼，小勇的膝盖擦掉了一大块皮，血正从腿上不断地涌出来。

小勇被人扶到了场边：“我没事，你们继续玩吧！”

“算了，你流了好多血，再说人也不够。”

“嗨，你们再找一个补上，不就行啦。”

小勇四面看了看，一眼发现了我。“李浩，你上吧，接替我的位置。”

“我？”我指着自己的鼻子，张大嘴，像个十足的傻瓜。“我不行的。”我急忙摇手。

“你行，我相信你，男子汉怕什么，这点勇气都没有？”

在小勇的鼓励之下，我入了场，整个下午我都踢得十分卖力，我可不能让小勇失望。

“伙计，你还真有一手，以后就当我们的替补队员吧。”

小勇拍拍我的肩说完就走了。我望着他一拐一拐的身影，激动得说不出话来。

如今我已升入高中，并且是学校足球队的主力队员，我得感激班长和小勇，要不是他们，我说不准还是个油头粉面的娘娘腔呢。

在她的热望里远行

◎ 林洪波

刚上高中的时候，我在学习上除了作文比较好以外一无是处，成绩极其糟糕。抱着破罐子破摔的想法，平日里上课的时候我不是旷课逃学，便是趴在桌子上睡觉，粗重而响亮的呼噜声连老师都无可奈何。下课的时候便打打闹闹，或是到足球场上消磨时光。那时我已经完全丧失了进取的信心，只想混到高中毕业后凭一副好身板到部队当兵。灰色阴暗的日子过得格外无聊而漫长。

一个偶然的机会，禾子成了我的同桌。禾子是个很文静的女孩，经常穿一件紫色上衣。她的学习成绩非常好，排在全校前几名。当她把桌子搬到我身边时，我正在伏案大睡。她捅了捅我，我抬起头来，用怪怪的眼光瞅了她一眼，她的目光里满是善意。我站起身来，帮她把桌子摆好，而后又开始睡觉。她只是发出一声轻轻的叹息，什么也没说。

与禾子同桌的日子里，我依旧索然无味地消磨着时光。禾子经常用一种奇怪的目光盯着我，好像有话要说，但是始终没有说什么。

后来一次综合考试，禾子门门是优，而我除了语文是优外，其他的功课全亮了红灯，考得一蹋糊涂。我的心情也如同糟糕的成绩一样糟糕。我把成绩单和试卷揉作一团，塞进桌洞里，伏在桌上开始睡觉。不料刚一会儿便被人捅了起来，抬头一看，是禾子，她递过来一张字条。我疑惑地接过来，上面写着：同桌，你成绩固然不好，但也要好好珍惜你自己。我听别人说过你想去当兵，为什么不去拼搏一番，用自己的努力去考军校呢？你的最终目标不应是一名士兵，而应当立志去当一名将军，你有巨大的潜力和优势，我相信自己的眼光。同桌，你不知道我多么羡慕你，虽然我有优异的成绩，但因为视力差我却无法去圆一个多年的军校梦。同桌，我希望你能珍惜自己，努力去圆你的军校梦，好吧？学习上，我可以帮你……

读着那热切的话语，我的心里热热的。是的，我也有自己的优势，我为什么如此耗费自己的青春和生命？我为什么不去圆我的军校梦？我为什么不立志当一名将军？我抬起头来，禾子正看着我，目光里是一种热切的期待和信任。我把字条小心地折好放进笔记本中，然后冲她点点头。禾子笑了，很高兴的样子。

从那以后，在禾子的帮助下，我开始努力拼搏和奋斗。在禾子的热望中，我曾书山题海，我曾披星戴月，一步一步地走近我的军校梦。

金秋时节，一纸鲜红的烫金军校录取通知书飞到了我的手中。此时，禾子也以优异成绩考上了全国著名的重点大学。她走的时候，托人转给我一个信袋，信袋里只有一张照片，照片上是辽阔的大海和高远的蓝天。望着那张照片，我豁然明白了禾子的苦心，那片紫色成了我永久的记忆。

坐在海边，望着波涛起伏的大海，我的心也汹涌澎湃起来。我感念那段被禾子热望的岁月，我深知，我脚下的路还很长……

淡淡的雨季

方佩岚

高一开学的那一天，阴雨连绵，我拿着饭盒急匆匆地往楼下走，准备送到食堂去。没留神，在楼梯弯处撞到一个人身上，我的饭盒和那人的雨衣都掉在了地上。

“你怎么走路的？”我嗓门大得连自己也惊奇。那人大概被骂傻了，一声不吭，等我拾起饭盒，抬头一看，一对睁得大大的眼睛正瞪着我呢！我脸一红，不好意思地从他身边飞快地溜走了。

接下来的日子，我发现几乎每天在放饭盒的路上都可以碰到他。我朝楼下走，他朝楼上走，显然他是高三的。他大概早忘了发生过的事，走起路来目不斜视，可我每次总忍不住朝他看，一种怪怪的感觉在心头滋生着……

渐渐地，渐渐地，雨季来临了。

那一天放学，我独自走到车站，雨正下大起来。我没带伞，只能躲在站旁一个屋檐底下，可屋檐实在太窄，我还是淋湿了。一阵风吹来，我禁不住哆嗦了一下。忽然，我觉得似乎哪儿不对劲，出于一种女孩子的直觉，我偏过头去——一对睁得大大的眼睛正瞪着我，满怀诧异。我感到自己好窘好狼狈，只得再次低下头。慢慢地，我感到那个身影在向我靠拢。我不知道他要干什么，我也不敢抬头看他。

雨点小了，一把伞，一多半罩住了我，帮我挡住了那向我打来的雨点……看着这个就在我身侧的男孩，这个仿佛不经意地把伞换了个方向的男孩，这个仿佛不经意地把眼光投向站牌的男孩，我感到自己的心跳得厉害，我感到自己的脸颊在发烫。沉默。平静。我的心真的沉默，平静吗？我不知道，也不想知道。我只知道在我 16 岁的生命里，有了一个我永远难忘的故事。

男孩比我先下车，我至今还清晰地记得那下车后的一瞥——那依然是仿佛不经意地向着车窗内梳辫子女孩的一瞥。男孩羞涩的眼神刚一触到，他就迅速掉过头，走了。

没过多久，就期中考试了，我发现要再碰到他，似乎就难了。

直到接踵而来的那个初夏，在学校走廊的橱窗中看到那个熟悉的脸庞出现在光荣栏时，我才知道他已经被保送到一所重点大学了。一种莫名的感觉使我忍不住想哭。拿着外语书，走进小花园，可生平第一次，课本中出现的不是单词，而是……

我永远难忘那个多雨的 16 岁，那个雨季中没有结局的故事。

小狗之恋

◘ 蒲　钰

下弦月是一个错误的标点，下弦月让我看见她娇喘吁吁的样子生动而迷人……

我有过一次刻骨铭心的爱情。那是10年前的事了。

一切的错误都源于那场美丽的雨。如期而来的雨让16岁的我和18岁的她在学校环形的跑道上相遇。那天，我们举着一棵树像撑着一把伞，缠绵的雨丝淋湿了我的头发也淋湿了她粉红色的连衣裙。那天，含而不露的她在我目光里显山露水了，那么娇小可爱，如此楚楚动人。

云朵拧干了最后那滴雨就飘走了，留下天空和彩虹。她也走了，像一片彩云飘过我的天空。

“缘于雨后的那座桥/没有人走/缘于七彩的那份美丽/人类不敢轻易让她染上世间的尘。”

读了那首《虹》我才知道，她就是我们学校小有名气的才女。她在报刊杂志上发表了许多诗歌。

她高我一届。

不知是出于对诗歌的崇拜还是别的什么，第二天我又在环形的跑道上遇到了她。她说我有写诗的天赋，她很欣赏我的《伞》：

“一把小雨伞/撑着两个人的故事/在淡淡的烟雨中走来走去/仿佛是故事的开始/却是故事的结局。”

我们都喜欢那种淡淡的感觉。一场淡淡的雨让我们相遇，一首淡淡的诗让我们走在一起。在环形跑道上，我们谈论着诗歌与人生。我们有说不完的诗情画意走不完的路，而且一走就是两年。

环形的跑道没有起点和终点。我知道，一对恋人在一条没有起点和终点的路上走下去，迟早会摔倒的，我们也一样。在她的指点下，武汉的《芳草》发表了我第一首诗歌。

那个周末，夕阳以最后的热情点燃了云朵。燃烧的云朵在她的脸上很生动。我们就这样并肩走着，环形的跑道是一条没有尺头的路。夕阳望了我们最后一眼便走了。校园的灯光很温馨……

下弦月是一个美丽的逗号，打在天边。

下弦月是一个错误的标点。下弦月让我看见她娇喘吁吁的样子生动而迷人……夜风徐来，草地在晃动。环形的跑道更像一个不规则的圆，圈着我们瘦瘦的幸福。

她毕业了。

临走时她告诉我，校园是一个很小的圈子，社会是一个很大的圈子。大圈里套着小圈，就像环形的跑道……于是，我们成了两个圈子里的人。

又一年过去了。我继续留在那个小圈子里任教，我又遇到了另外一些人。我继续写自己的诗。终于明白，我们只是小圈子里甩出去的一些点，而且起点不同……

后来，我给校园里的爱情又划了个圈，我把圈子里的爱情统称为“小狗之恋”。

零　分

◎ 胡纯琦

中学时住校，每晚总聊到零点才睡觉。

这天晚上刚上床，突然停电了。黑漆漆的寝室里显得更加活跃，不知是谁的提议，大家开始给全班女生逐一打分。寝室8个人，除老大做计分员外，其余7人都是评委。评委们从各位女生的相貌、身材、声音、性格、气质这五个方面去综合考虑，给出自己的分数，然后由计分员算出平均值作为该女生的最后得分。

十六七岁是个向往完美的年龄，处在这个年龄阶段的男孩女孩们在评价自己身边的异性时往往很挑剔，再说谁好意思给某个女生打太高的分呢；因此女孩们的得分都不是很高，总分是10分，一般也就能得个六七分。轮到给琪评分了。琪是班上最漂亮的女孩子，成绩也好。她待人既温柔又大方，一脸甜甜的笑总让人有种如沐春风的感觉。

大家给琪的分数果然不低，有两三个甚至给到了 8 分以上。

最后只剩下峰了，老大不耐烦地催促峰快报分。

大概过了两三秒钟，静悄悄的寝室一角突然响起峰果断的声音：零分！

寝室里一阵骚动。大家都有些失望，琪在这群男孩子心目中的地位是显而易见的。

老大留下了一个缓和的余地：峰，你可以再报一次琪的评分。

峰沉默了一会儿，最后还是说：零分！

老大算出了琪的平均分：5.8 分。还没及格，琪得了全班女生的最低分！

寝室里气氛突然陷入了低潮，大家马马虎虎地评完了最后几个女生，早早地便都睡了。

谁也没料到，寝室里不知哪个缺德鬼把这件事儿向女生们告了密。女生们有的愤怒万分，有的喜形于色，只有琪趴在桌上一动不动，过了一会儿，她放声大哭起来，肩膀一颤一颤，很是伤心。

琪的哭声引来了班主任，了解了全部事实真相后，他把所有住校男生狠狠训斥了一顿，并责令老大和峰当众作检讨。

平时总嬉皮笑脸的老大作检讨时竟然羞答答的，一向有点腼腆的峰那天显得颇有些滑稽，他看上去一副很严肃很诚恳的样子，站起来缓声念道：昨天晚上我们给全班女生打分，我给米琪打了零分，这是不对的，以后一定改正……

听他这口气，好像是说要给琪打分高一点，就没什么不对似的。全班同学笑得前仰后合，都差点背过气去。

连琪也忍俊不禁，抿着嘴偷偷地笑了。

打这以后，琪和峰就一直不说话。

这种僵局一直维持着。

再后来，两人都一直不停地拒绝着一个又一个追求者。有一天琪向峰提出了一个在心底压了好久的疑问：你为什么给我打零分？

峰一下子回到了难忘的过去，说：那时，我好害怕，好害怕别人知道……我喜欢你！

初漾的情感

◘ 吴惠兰

曾经悄悄喜欢上一个男孩。那时，我 16 岁。

初识源于不经意。一个残阳如血的黄昏，兴奋的篮球场边立着一个寂寞的女孩，一匹桀骜不驯的黑马跃入她的视线。

从此，心里便有一个时而清晰时而模糊的身影。

每每在路上，见他远远走来，脚步就会异常轻盈，故作轻松地与他擦肩而过，手心，细汗涔涔。过后又懊悔不已：为什么不对他打个招呼？至少，也该点个头，微笑一下呀。

在镜前练习了千百遍，寻找最可爱的微笑，最巧妙的话语，但信心与勇气却总被他走过时的疾风刮走。

高二时，竟都分在文科班，欣喜之余更是希望。我的心更有所盼、有所恋。

他喜欢笑，喜欢大嚷大叫，这让那些潜心攻读的人大为恼火。于我，却是至上的乐趣。我为他的慷慨之词暗生感叹，为他的幽默调侃会心一笑。尽管，他不知道，有一个最忠实的听众、观众，在细心地捕捉他的每句话语、每个动作。

我开始宁愿每个课间都不去散心，而侧坐望窗外，不是看风景，只是因为这样，我可从余光里感觉他的气息。

那片属于我的平静天空，开始阴晴不定。他的灿烂笑容，是我的明媚阳光；他若闷闷不乐，我的心必然下雨。

脉脉地注视着他，却不愿开口，怕言语玷污了这份清纯的感觉。

最重要的是，我正面临人生最大的一次选择：高考。每当我陶醉在这初漾的情感中不能自控时，我便用一位名人的话“教育”自己：“人生如赶路，赶路是首先的，欣赏风景是次要的，紧要的更应该专心致志。”

窗外的凤凰花开了又谢，谢了又开。我的这份感情也如花开似花谢。

高考临近，日子渐渐沉闷，慢慢学会把眼光定格于密密麻麻的字里行间，把思想束缚在冷漠的繁琐公式上。感觉，似乎也麻木了。

终于，我跃过了龙门。一纸薄薄的承诺，安慰了父母的期待，我却若有所失。

今日，在美丽的大学校园，蓦然回首，我发现自己走过了人生那道最美的风景线，时间在现在与过去之间已经竖起一道透明而厚实的墙。

我小心地把这段情感压成最精美的一页，嵌于心头。夜阑人静时默默阅读，阅读那份纯、那份真。

我真的有些后悔，但也觉得好幸运没有迷失自己。

滋味可真绵长啊！

黄色·紫色

曹　越

他，对黄色情有独钟。黄色，一如他的性格，那么明快，那么灿烂醒目。她，执着于紫色。紫色的素雅、浪漫和忧郁，是对她最贴切的写照。

他和她走进同一间教室里，他坐到了她的身后。

他发现自己总是用很大的声音和同桌的漂亮女孩儿说话，总是在严肃的课堂上说笑，总是在班级间的足球比赛中穿一件黄色的运动衫进行“千里走单骑”的表演。他有时会想：我这么做，是为了引起她的注意吗？她也感觉到自己会不自觉地“偷听”他和漂亮女孩儿的谈话，不自觉地被他的“哗众取宠”逗笑，不自觉地把目光锁在球技不凡的他的身上。她轻轻捋着手腕上紫色的相思带，暗自发问：为什么我会注意他呢？他们之间很少讲话，即使偶尔迎面走来，也不愿先开口和对方打招呼，而是目不斜视地径直走过。

课下，同学们在讨论自己喜欢的颜色。他说："我喜欢黄色的明朗，以及它的灿烂醒目。"她说："我喜欢紫色的素雅，它象征着浪漫、忧郁。"他说："我讨厌紫色沉闷。"她说："我觉得黄色过于招摇，我不喜欢。"从此，他们好像有了什么契约，他再也没有脱下过那件黄色的运动衫，她也再没有解下她手腕上紫色的相思带。

有一天，他发现她手腕上紫色相思带的旁边多了一条黄色的。一整天，他的视线都被那两条绸带吸引着。他有些得意。出乎他意料的是，放学时，她转过头来，微笑着对他说："其实，黄色也挺漂亮的。"他隐藏起惊喜与兴奋，故作冷漠地说："是吗，这么快你就改变主意了？我可是永远也不会喜欢紫色的。"她听了，没有再说什么，转回头去。他见她依旧微笑着，只是她眼睛里的一些东西他读不懂。他觉得自己有些虚伪，有些过分：为什么要故作冷漠？为什么要让她不开心？

转天一大早，他就来到学校，因为他决定要向她道歉。可是当上课铃响起时，她的位子还是空的。"她是不是生病了？不会出什么意外吧？"伴着种种猜测，他不安地等待着。

遗憾的是他只等来了班主任。看着班主任沉重的表情，他突然预感到什么。班主任说，她转学了，为了不让同学们伤心，她执意让老师等到她离开的这一天再通知大家，并且，她留下了一首诗：不在乎/相聚的日子有多久/只求你/每分每秒/

珍惜你所拥有/不在乎/同行的路途多坎坷/只求你/风雨兼程/用心陪着我走/离别的时刻/不需要泪流/绽放一个微笑/永驻你心头……

一阵酸涩涌上来，后面的内容，他一个字也听不进去了。他努力回味她昨天那“最后的微笑”和那双读不懂的眼睛。蓦然间，他惊觉，原来她眼睛里盈满的东西叫做“离愁”。

几天之后，在他的黄色运动衫的衣袋里，多了两条相思带，一条是黄色的，一条是紫色的。这时，他发觉：原来黄色与紫色并不是互斥的，它们本应像现在这样友好地相处。可惜的是，他没能早一些明白。

伤害你我不是故意的

郝晓枫

高一那年的日子很黯淡，情绪是很低落的，心在伤感的溪流里漂流。任何人或事物都不可以使我快乐，而一片落叶的飘零，一缕红霞的消逝却令我感伤不已。而那一段日子，家里灾事不断，父母根本无暇顾及我，家里两天一小吵，三天一大吵，我情绪的弦绷得紧紧的，易躁易怒易伤心。我知道该如何排遣那深深的孤独和伤感，以前便被称为“书迷”的我，于是更以成倍的精力和热情投入书海中，大量阅读各类书籍可以暂时忘却一切烦忧。

坐在教室里的我，只对文史之类的课感兴趣，在数理化的课上，我常是神思飘忽的，只有考试时苦读几天，当然成绩不会呱呱叫，但也却能应付过去。我独来独往寡言少语，只有办板报时当指挥。其他女孩子三五成群，叽叽喳喳，我从心底里厌恶。现在想起来真是没有理由的。

忘了从哪天开始，我感觉到总有一双幽幽的眸子随着我，在课堂上，在走廊里，在操场上，在放学的路上……而当我顺着感觉望过去，那双眸子却悄悄而又匆匆地逃开了。有时，你来不及躲，我便会捕捉到你眼里那一抹纯净——没有一丝杂质，很感动人的纯净。尽管你被人称做“美公子”，但我对你好感甚少，你机敏却不好学，平时与一帮哥们上天入地，一副玩世不恭的样子，私下里我早已把我们放入不同类型的格子里，我只是奇怪像你那样的人眼中怎么会有那样美丽的光芒。那时的我，孤僻冷漠，封闭得严严密密，任何人都走不进来，包括父母。灰黯的心绪使我没有兴趣顾及你那双感人的眼睛。

一天早晨，我如往常一样漠然地匆匆赶入教室，到座位上了才蓦地惊觉我的同桌变成了个男孩，竟然是你！我站在那只会瞪着你。你对一脸惊诧的我笑了笑说：“今后我们便是同桌了，请多帮助。”见我还愣愣地，又补充：“这是老师安排的。”一堂课我一句也没听进去，课后忙去找年轻的班主任。他若有所思地看着我说：“这是他的要求，他希望你帮助他提高文史成绩。”“我不和他坐，调换座位也得征求一下我的意见，看我愿不愿意接受一个新同桌。再说，并不是和我同桌他的成绩就能提高的……”我并不是很厌恶和你同桌，为了老师的“若有所思”，为了你的自作主张，我的倔劲莫名其妙地冒了上来，我觉得自己像个傻瓜被蒙在鼓里，想起刚才同学们揶揄的表情，我才恍然明白。

回到教室我便换到了前座；至今仍记得你极为失望而又困惑的眼睛。第二天，你也换到前座，我又换到后座，看都不敢看你的眼睛，你也又换到后座；我又换到前座，来回几次，你便停止了。自此你上课更不专心，老趴在桌子上，老师批评你，你便顶牛。一次物理课上，老师一个粉笔头丢过来，吓了我一跳，气冲冲的老师指着你说："你在看谁，啊，在看谁！"全班同学的眼光一下落在我身上，我"刷"地红了脸。我自认我并没做错，我固执地认为，早恋是愚蠢的。如果我理你睬你，发展下去，结果会怎样呢，我那么做于你也是好的，可我却不敢看你的眼睛。

日子一天天滑过去，你更加玩世不恭。学校终于找了借口将他们眼中的"混世魔王"开除了。那时，我们已经分班，在我们教室门口，你走的那天，我看见你那双寻觅的眼光中的纯净和哀伤，那一刻我心里灌满了说不清的沉重，只呆呆地盯着你，直到下课铃声响起。

我现在才知道，我是喜欢你的，你是我生命中第一个为我所喜欢的男孩。

好女孩坏女孩

李艳敏

早晨，她在课桌洞里发现了一张精致的贺卡。没有写她的名字，也没有署名，只有一句温馨的祝福。她握着那张贺卡不知所措。问过了几位好朋友，都说不是她们送的。

会是谁呢？她百思不得其解。

很快，班里的同学都知道了这件事。早自修因此而热闹起来，大家都为有了一个新鲜的话题而感到兴奋。同学们的冷嘲热讽使自尊心很强的她难以忍受。年轻的心因此感到一丝无助和忧伤……

她是一个很优秀的女孩。她的气质、打扮，她的一举一动都透着美的光彩。特别是她那顶呱呱的学习成绩，更令人羡慕。但她不是“骄傲的公主”。她乐于助人，与同学们相处得很融洽。在老师眼里，她更是无可挑剔，在各科竞赛中她抱回大大小小的奖杯奖状无数。她的一切都令其他的女孩儿羡慕甚至是嫉妒。而班里的男孩子却挺喜欢她大度豪爽的性格。她是“乐天派”，活泼而不失庄重，文静而不造作。进入高中以来，她已经在多家刊物上发表了十几篇文章，在校内已小有名气，就连传达室的老大爷也认识了她，因为她的信最多。

坦率真诚的她曾向好友透露过她的笔友中一位叫峰的男孩。她说峰在另一所高中上学，老师的重点“培养对象”，还说他是一个正直潇洒的阳光男孩，她非常欣赏他的人生观及处世态度。很快大家就知道了这个“小秘密”。处在花季的少男少女对这类的事不但很敏感，而且幼稚的他们甚至以此作为热衷的谈资。于是就有人对她起哄，说峰是你的男朋友吧？她立刻更正道：“不是，只不过是一般的朋友罢了。”同学们带着疑惑的神情说她不如“刘夏”（《花季·雨季》中的人物)，峰也不会像“王笑天”那么可爱，还给她起名“林晓旭”，心中有情，口里不说。她却一直否认，并以人格保证自己与峰仅仅是笔友。班里的男孩子放下了心，女孩也不再说什么。日子仍在流逝，她依然如故。

然而今天的“贺卡”却使这早已沉睡的火山又喷出了岩浆，而且比上次猛烈得多。同学们不再相信她了，带着鄙夷的神情说她虚伪，说她不是好女孩儿……在这样的环境中，有些人竟捕风捉影，把她与峰的故事编得浪漫逼真。她一时间成为大家最讨厌的人，流言蜚语接踵而至。连最相信她的班主任也在班会上说，某些同学应该改正自己的一些作风，正确处理男女同学关系……她孤立无援，年轻的心在颤抖，被人误解是一种折磨，她感到一种无形的重负压在心头，越来越重……“相信我，我不是坏女孩！”她从心底发出呐喊……

下午自修课后，一阵风似的，门被推开了。一个高大的青年焦急地冲进教室，匆匆奔到她桌前，直到看到那张成了众矢之的的贺卡眼睛才猛然一亮。“我是夜校的。昨晚上课后把这张贺卡忘在这里了，今天要送朋友的。”他很快解释了几句，还没等大家反应过来，又一阵风似的走了。

沉默，令人难耐的沉默。

她哭了。

不想说的话

刘　侠

每当听到钢琴曲《秋日私语》，总会莫名地沉静下来，那时心灵纯洁得犹如洪荒时代的旷野。人生在世，本来就有太多不想说出的话，于是，我便悄然独立于黄叶满地的大道上，重温着心灵深处原始的歌唱和呼唤了，也许，这是对最最遥远而永不复现的友谊的追悼吧……

金秋一日，一封来信落到我的手上，这是一封普通的男女生建立友谊的信。我仔细地看了一遍，才敢确定收信人真的是我。眼前渐渐地显现出他那孩子气的面容。我不禁摇头笑了，决定接受他的友谊，因为信中满是真诚的期待。——天啊，他竟已猜到我会接受！我问他："为什么？"他说："因为你重感情。"

噢——是吗？于是，我又听到那"秋的私语"。我默然眼湿。目光投向远方：灰白的空中渲染着朦胧的楼角，稀疏的枝头，几只墨点似的小鸟在欢跃。那是生命的律动，那是多美的“秋日私语图”啊！我感慨于真正拥有一个淡薄宁静的秋日了！

我们的友谊是纯洁的，我们所走的每一步，都未曾在彼此的心灵中留下任何污点。然而，这条路却越走越艰难，周围的阴影，并不能因为我们的坦然而消退，相反，却越聚越阴，越阴越沉……一时间，流言四起！本性的倔强使我昂头冷笑，只是遗憾：不会吹口哨！还是秋日，本以为他也一样，却不料他竟迟疑地开了口：“我想我们……我们应当避嫌吧。”没等他说完，我便伸手拍了拍他的肩膀——那窄窄的肩膀，那单薄得负不起压力的肩膀。看到他眼中的伤感，我苦笑了，然后掉头走开。

忘不了那天下午，我竟拿着一卷诗集，静静地走上讲台，轻轻地吟起来——不知面对那些人——以一种轻柔而略带伤感的语调倾诉着：

在茫茫的海的诡计里，
在船不来的时候，
我早已学会站出优美的姿势。
虚伪，不是我，
孤独，不是我，
——我很富有！

我的轻吟恰如在骄傲地向全世界宣告！诵完后，我冲出了教室，只觉得那天的夕阳——一轮秋日的金色夕阳，格外地美丽！后来的一天，有位同学问我：“你那天朗诵时哭了？”“哦，是吗？”我只是苦笑……

后来，他写给我一张纸条：

远远的天际有片云，

我知道那就是你。

你的气质，你的才华，

如秋日的灿烂，

只是你却不曾发现自己的美丽……

其实，这是多余的话。

如今，又到了秋季。凉风中，耳边再次飘荡着《秋日私语》那轻柔的旋律。淡金色的暮霭，染遍了西边的天空；一条静谧的小径通着远方，道旁的梧桐树叶纷纷落下，像一只只蝴蝶在晚风中飘舞。那落叶曾拥有一个绿色的年华，它曾在春天的阳光下，唱着执著的歌；它曾在夏夜的月光中，编着彩色的梦。而今，它又将秋的酸辛深深地隐藏在叶脉中。也许它将重返大地，在那里找到永恒。

生命纯净了，褪去了一切喧哗、一切浮躁，惟有一份淡泊、一份超然。我至今仍认为，为了流言而逃避是可悲的，但我不想对他说什么。只是，渐渐地、渐渐地，我抹去了心头的伤感，又怀着自信，坦然地哼起了《秋日私语》……

梦中的纸鹤

廖静冬

那时候，风上高二，雨上高一。

雨是琼瑶小说里走出来的女孩，偏爱着淡紫色。一个淡紫的网子，一副淡紫的耳环，一条淡紫的丝巾，就构成了淡紫的雨，这样一身淡紫，再配上那白亮亮的肌肤，让雨显得清雅孤傲。雨那淡紫的短裙飘动起来简直是一个令人眼花缭乱、目不暇接的世界。雨成了校园一道独特而靓丽的风景。

风记不起是什么时候开始注意雨的。只知道上完晚自习后，总看见走在前面石子路上的雨，大概雨也不在学校留宿吧！望着雨那淡紫的丝巾随着飘逸的发丝有节奏的挪动，风真有种心动的感觉。终于有一天他们并排走到了一块。风和雨就像汪国真那首诗里描绘的一样：彼此微笑着，只轻轻地说了一句："能够认识你，真好！"

往后的每个晚自习后，他们总是默契地走过那段长长的石子路，畅谈人生、理想、事业。在那个无星无月的晚上，风向雨倾诉他的家庭。风说，在他两岁的时候，母亲便离他而去，父亲对待他们四个孩子不是拳打就是脚踢，只是仅仅习惯了无言……说完这一连串的话后，风忧伤的泪水如夏季的河水泛滥成灾，将雨的心深深淹没……

接着，风面对的是紧张的高考。父亲依旧不支持，连每次回家要点考试资料钱都要将他痛骂一顿。风很想放弃这场高考，想去流浪，或者去看一看大海。然而这时，雨开始了每一天送一只紫色的纸鹤给风，“有志者，事竟成！”每一只纸鹤上都写着鼓励风的不同言语。这一切，给风增添了莫大的信心和鼓舞，也让风有种莫名的感动。为了雨，为了雨所做的一切，他知道他不能辜负那份良苦用心。

一直到高考结束，风收到了九十九只紫色的纸鹤。风知道，九十九代表的内涵。

终于，风以优异的成绩考取了一所重点大学。去学校的那天，风送给雨一串硕大的风铃，围在风铃旁边的是雨送给他的那些紫色的纸鹤。“我将在那所学校等你！”雨眼睁睁地看着风握着她的手。这一握，握到两颗心碎如刀割，握到月落乌啼霜满天。

当雨知道风在学校为救一个落水的同学，而自己再也没有浮上来的时候，那天，天空正飘着细雨，恰似雨心底的泪，漫流不止……

夜里，雨梦见了天堂里的风。风正对雨微笑着："看，紫色的风铃响了！"雨回过头，转瞬那些紫色的纸鹤展开了美丽的翅膀，迎风飘舞，开始了轻轻的歌唱！

小树林的神

◘ 赵振华

16 岁那年突然发现，离学校百步之遥的小树林是个值得留恋的地方。

常在晴朗的早晨早早爬起，胳膊底下夹着两三本书，踏着尚未褪尽的夜气踱到小树林，选一个石凳坐下，拿起书轻声朗读。一层薄薄的青雾在林间浮荡着，穿过树梢，在花草间，在书页上悄然流动，时而被翻动的书页惊散了，于是打着旋又向别处飘走了。

把书本合上，什么也不干，只是静坐，思绪虽然沉浸在书中，大自然却把这种遐思由近推向更远更深的地方。地面上小虫的嘶鸣，林间树叶的沙沙声，间或一两只不知名的鸟儿在宛转地唱着歌……自然界有个精灵悄悄地行走着，像是一位老人在用慈祥的目光注视着我，又像是个天真纯洁的顽童在好奇地打量人。仿佛有人总在自言自语，却不与烦扰。

可这种难得独自享受的片刻宁静最近被另外一个人打破了。今天我又看见了她，一袭长发的身影，在黝黑的树丛阴影之中，她那坐在一块大石头上的身影显得很是孱弱。她的眼睛总是低垂着，偶尔抬起头注视着眼前的灌木林，远方的池塘，黑亮的明眸似乎隐含着一丝忧郁。

她刚来我们班没几天，我只知道她的名字，至于她从何处来，家境怎样，却无从知晓。她总是一个人独处，静静地，很少与人说话。如今她坐在那片树丛中，沉静得就像她周围的小草，任风吹拂她的秀发。她大概有着许多许多的心思。是不是在回忆久远的往昔，还是在想象着希望的未来？或许她还有什么不快，或许她会跟我一样，其实什么东西都不用去想，任自己的情感停留在林中的每一片叶子上面，随风来回荡漾，静悄悄地划着时间的轨迹。也许心中还有一个远方朦胧的概念，几乎所有的冥想都会凝注在其间。她似乎察觉到我一直在注意着她，突然长发一飘，抬起头瞄了我一眼。她的眼睛很大很亮，像一道奇异的流星闪过我的心底。我慌忙把目光收回，这才发觉脑子里的东西在不知不觉中变得很零乱，多少天保持下来的平和心境顷刻间化为乌有。我的手下意识地翻弄书页，翻得哗哗作响。当我再次抬头望她时，发现她也在偷偷地留心我的一举一动。此时此刻，她能理解同样一颗年轻的心会像关在笼中的小鸟一样，渴望长大，渴望成熟，渴望挣脱这有形或无形的禁锢吗？唉，真想把这串儿想法一古脑儿全讲给她听。

高中整整三年我都和她同班，在班里我和她为了班上的事偶尔也会讲几句话，只是从不曾提及小树林。而在小树林里遇着也不曾打个招呼。远远地，她在那边看书或沉思，我在这边看书或沉思。像是有某种默契，我们流动的目光经常不期而遇地碰在一块，虽然接下来会马上分开，可这种心底独特的交流、理解的情感也许只有我和她相知吧？

有一回听说她的一篇文章在某一刊物发表了。当我特意把那篇文章找来看时，猛吃了一惊，她写的可不就是小树林里的事么？多么熟悉的氛围啊，多么相似的感受！我仿佛重新置身于那迷人的小树林中，眼前是她一袭长发的身影和黑亮的眼睛。

第二天，我在那片小树林中和她相遇了。那天阳光明媚，不知名的花吐着阵阵清香，一对百灵鸟愉悦地啼叫着，风儿正轻，很有几分画意。我终于打破了彼此间的沉默：“你怎么观察到人的内心世界呢?”

她看了我一眼，没说话，掏出笔飞快地在纸上写着，写完塞到我手上，转身走开了。我一怔，不知如何是好。这张纸条我至今还保存着，上面潇洒大方的字迹这样写道：小树林里有神，请不要打搅他们，好吗？

转眼就毕业了。同学们各奔东西，听说她考取了外地某个大学，从此杳无音讯。而那片小树林呢，如今再也看不见了。

可是在那里发生的小故事却在心里深深地划下了一条痕迹。流水般的时光冲走了许多梦想和记忆，却从来冲不走那片记忆里的小树林带给我的宁静与快乐，而这快乐使我至今还会想起有那么一位女孩曾经和我一同分享过。正因为这样，这快乐才能成为真正的快乐。

毕业留言

◎苗　薇

毕业前的那一天，我捧着你的纪念册犹疑不定。望着满本子扬扬洒洒的惜别和祝福，我不知道在你留给我的这最后一页里，应该印上些什么。

我能想到你留给我这最后一页的理由，这本纪念册传到我这里便是终点，也就是说唯独我留下来的东西，除了你，再没有人会传看了。可是我们都知道，面对毕业分手，再多的话都是没有任何意义的，该说的、该做的，这四年的相处彼此早已心怀默契，也许只有一句词能代表此时的心境：相顾无言，唯有泪千行。

直到现在，我才明白表姐的毕业纪念册上为什么其中一页除了一位帅气十足的男孩子的照片外再无它物。当时我还不解，奇怪地问表姐："难道你们同学一场，毕业了居然无话可说吗？”表姐苦笑着摇摇头，“你不会懂的，阿微，你还太小。”她的眼神温柔中透着失落。窗外，夏日的斜阳依旧灿烂而火热，隐隐约约，我听到海上波涛起伏的浪声。

几年后的今天，我终于能明白纪念册上那片空白的含义，同时体会到那个男孩的用心良苦。但是此时，我也正面临着同样的难题。我知道，纪念册上的一页空白其实恰好说明两个人之间并不仅仅是这一页空白。

最后，在这本纪念册的最后一页，我贴上一张有着甜甜笑脸的照片，在旁边附了几行清秀的钢笔字，无称谓也无署名，再简单不过。

我们两人来自两个相距遥远的城市，而且都是自费且不包分配，也就是说将来的工作要依靠自己。当然，在了解了他无雄厚有力的靠山而我也没有一呼百应的亲戚之后，我们两人都理智多了。在这个物欲横流，市场经济飞速发展的时代，我们必须现实些。如果我们都是超时代观念的接受者，高举“不在乎天长地久，只在乎曾经拥有”的旗帜，那事情会简单得多，但偏偏两人都潇洒不起来，这也就注定我们之间的交往，快乐的时候少，难过的时候多。

初识的时候是没有任何顾忌地做朋友，也不曾想过以后会怎么样，但是不知哪一天，冥冥中两人似乎都感觉到了对方眼神中蕴含着的时刻关注。在那段日子里，即使彼此没有讲话没有接触，也同样能感觉到对方的存在。我们都清楚，这种力量是无法让年轻的我们有所抗拒的。后来便开始了平淡而深刻的交往，再后来便是面临毕业，心中隐隐的埋着一种痛……

我把写好的纪念册放在枕边，和衣而卧。生活了四年的校园，今夜是最后一次睡在自己温馨的床上，透过玻璃，熟悉的黑夜笼罩着寂静的校园，似乎没有发生过任何故事。我睡着了，在梦里，我和你披着月色在操场上漫步……

分离的时刻终于到来了，我把纪念册抱在怀中，和送别的同学下了楼梯。在门口，一眼望见伫成风景的你，目光透过你的表情看到依旧深黑的眸子。你接过纪念册，握着我的手只说了两个字："珍重"，我也用力地握了握你的手，强忍住就要夺眶而出的泪也说了句"珍重"，我们有约在先的，不许在这一刻流眼泪，我们不能让泪水成为阻隔我们远行的河流。

与同学们一一握过手、道过别之后，我迈着沉重的脚步走到车旁，拉开车门，我忍不住再次驻足回首，你怀里拥着那本纪念册，眼睛里亮晶晶的。我上了车，伏在后座的靠背上。车窗外，你举起手臂，轻轻摇摆。车子慢慢启动，我连忙举起右手紧紧贴在玻璃上，眼中的泪水终于滑落下来。模糊中，我看见你翻开纪念册的最后一页，看到我在你记忆中留下的永恒的甜甜笑脸，还有——那几行清秀的小字：

我们因向往而快乐

为无缘而流泪

在一生错过的路上

你是一株异乡的诗草

在我年轻的梦里

花开千回

没有落雪的冬天

乐青

依稀见你，从咸涩的雨雾中消失，而我仍然站在瘦弱路灯下痴痴地等待，等待你那潇洒的身躯或者带着余味的背影能够再次出现在我的眼帘中。

我知道你不知道我对你深深的眷恋，我知道爱不能把你从多愁善感中解脱出来，我知道你的眼睛从不畏怯的盯着前方，而且永远不会回头，我知道人和人之间本身就存在着许多许多明白的不公道。我知道我该拥有什么，我不该得到什么，可我依然死心踏地地企盼着，企盼着能够看到你，看到你回一下头。

我决不会因为你不回头而不再等待，也决不会因为有许多明白的不公道而无所追求无所爱，只是我不能让你知道我初恋的纯情和单相思所受的苦难与煎熬，还有这颗因为爱你而屡遭磨难的心。

独　处

胡　蓉

大一的时光，最是空闲无聊。我不愿随大流，也就只有独处了。当然，说高一纯粹是消磨时光或许并不正确。

于是，每逢周末，当女友倾巢而出时，我就只有蜗居宿舍的份了。偶尔，我也出去走走，一个人找个清静可心之处转上两圈。此时便会招来一些怪怪的目光，直刺得我逃回宿舍去，在自己的小戏桌前面坐下来，燃上短短的一小段蜡烛——这才感觉到一份真正属于自己的温暖与浪漫。我曾为此写下一首小诗——《小红桌、烛光和流浪的我》。两年前，我的他曾为此把他的吻轻轻印在我微合的双眸上，说，他好喜欢。如今，他走了，远远的，带走了所有的梦想，真的只留下了烛光，小红桌和流浪的我了。

然我之独处，却并非仅仅为了他，过季的红叶虽美丽，亦已被夹进了记忆的扉页。我之独处，乃是为了我心中的一份真情。

朋友们总是戏言，追我的男孩子有一个加强连。谁也不会相信，独处的时候我黯然神伤。其实我心里挺羡慕人家卿卿我我，其实我身边亦不乏好男孩，可真情未来时我宁可独处。

独处自有独处的妙处。

独处使我得以静静地回味该说的或者不该说的，该做的或者不该做的，一一清晰如画。许多不可多得的人生品味溢然其间，风风雨雨四年，我终于没有愧对光阴，这是我引以自慰的地方。

独处如使我寞想，编织一份流浪的情怀，千里迢迢去寻找我的他，不管成功与否，可贵的是真情，可贵的是经历，可贵的是一份执著的追求。

女孩天生有一种依赖感，喜欢寻得一份安慰和支持，有人谓之“女萝”、“菟丝”，即取其缠绕大树依大树扶持之意也，而独处却逼得你去独自直面人生，独自去解决一切难题，于不知不觉中培养了一份自生自强的能力，我们为什么就不去独立做一株大树呢？枝叶婆娑，花朵满树，是真正属于自己的一份自豪。

独处同时还使我超脱。独居一室，杳无人语，而户外车马喧哗。这正是一个隔与不隔的世界。记得有一次在湖边漫步，湖的对面是小食店，人声鼎沸，觥筹交错。湖的这边却只有形影相吊，一湖之隔，缥缈恍惚两个世界。此时的内心体验实不可言说。又记得少年时曾在小镇大街上和着车声人语走路，画面清晰而生动，此时便有超脱尘世之感。自然，所谓的超尘脱世，乃禅家之言，我不是出家之人，但能于尘世中求得一时的解脱，身心俱宁，也不失为人生一大乐趣了。

再见亦是朋友

◎ 叶　子

斌：

与你相识、相知，已一年有余。

书信往来中，我们互相了解、互相支持与鼓励，经历了越来越多的生活风雨。回首所走过的路，斑驳的足迹依稀可见。在我逐渐成熟的脑海中已经挤满了纷乱的思绪，寻求一份清醒与理智。我唯有作出这样的选择，轻轻对你说声再见，并祈求你原谅我。再见亦是朋友。

你也许觉得太唐突了。的确，我无从解释什么原因或者讲出什么道理，而日益加深的精神压力与矛盾已使我要这样做。我知道你会很失望乃至很痛苦，然而我再也不能含糊，毕竟，以后的日子我们还需要寻求各自的灿烂。你不要说我负心，也不要责怪自己不配，其实，我们留存着曾经美好的回忆。

中考前的日子，你我奋力拼搏，在选择志愿时，你我均默契地上了同一所学校。可命运的安排是，你得到遥远的北国求学，而我则留在南国就读。分开以后，你我都很理智地书信往来，都很坦白地告诉对方，我们希望彼此的鼓励能让我们的学业更加进步，别的等毕业再说。你我都很相信缘分，但事实上我们并非想象中那么默契。

你是个好女孩。真的好感激你，你说你很欣赏我的文章，偶有拙作见诸报刊，你就兴奋不已，来信赞赏和鼓励，那份浓情厚意我打心底里谢谢你。正因此，我渴望告知你关于我的心事，也衷心祈祷我们因此能够步出雨季迎接和煦的朝阳。

斌，或许会说我变了。的确，我在老师的精心培育下，在沧桑世事的熏陶中，我已经不是以前那单纯地说明天的总统就是我的男孩子。现实已经告诉我必须学会清醒理智去学习和生活。俗语说，人生如一盘棋，走错一步，满盘皆输。虽然还没结果告诉我们是对或错，但我们已经过早地负重感情。我之所以如此选择，是希望在我们正值烂漫的年龄，应该具备活泼开朗、朝气蓬勃的单纯本色。你知道吗？随着时间的推移，你我的书信话题已经有了质的改变。我已感觉你那挚热的依恋，你如今会埋怨我没有及时回信；你会说我深藏不露难以理解；我已被你神秘起来。你知道吗？我是渴望我们能单纯些，不要把对方当做自己的一部分或者全部。你有时说我们意见有分歧，继而又是柔情蜜语，始终让我扑朔迷离地觉得你在虚伪地掩饰着自己。你竟然在没有给我写信的日子里天天写信，要知道，这又是多么沉重地付出。

暑假，我们终于见面了，你关心我的不是学习成绩，而我也只能默默地做你纵论生活的听众。

我知道，你是一个优秀的女孩，并且为你的学习进步而高兴。每当看到你那优秀的成绩单，我佩服有加。从信中得知，你在校颇得老师宠信，也可谓“小荷才露尖尖角”。但祝福过后我仍然要提醒你，学无止境，切莫满足。

你还有一年就要毕业了，拿着毕业证书就要加入社会这个大熔炉，我深感知识的重要且珍惜这来之不易的机遇。当我告知你我将继续深造时，你刹那的沉默过后，关心的是我毕业的日期。你知道吗？好胜的我上进心未减，你这样表现已让我反感和厌腻。

更为意外的是，与昔日同学相聚时，你会因为我跟别的女孩子说话而沉默地表示着抗议，你知道吗？你掩饰不住的难堪已让我觉得你变得很自私。

斌，我之所以要对你说再见，委实不是想伤害你。我真诚希望我们能好好调整自己，不可步入感情的误区而陷得太深。我知道你会很痛苦，我已读懂了你信中的忧郁和目睹你那委屈的小泪滴，而我却没有别的选择可以让我们更为明智地剖析自己。

我并非要求你原谅，因为原谅会让我觉得你在恩赐。我只希望我们再见亦是朋友。不再为情所困，为情所累。需要我们去做的是如何构筑我们理想的新蓝图。

斌，我的朋友——再见！

掌声响起来

郑小龙

这是一个晴朗的日子，一份神秘的奖品飞过大洋彼岸，落到高三（四）班阿华的手里。

同学们似乎都有点儿不相信，居然真会有从美国寄给阿华的奖品。连阿华自己脸上也布满疑云，拆包裹的手有点儿颤抖，泄露了阿华内心的兴奋和激动。

这个礼拜天，阿华迫不及待地把奖品捧回家。走进那个破旧而幽暗的家，阿华在厨房里找到了老妈。

“老妈，你看这个！”

“什么东西？”老妈直起她那早累弯了的腰。一本用英文写着阿华获国际中学生英文作文大赛二等奖的证书，展现在老妈面前，如雪亮的太阳般照亮了幽暗的厨房，照亮了老妈那布满皱纹的脸庞。

老妈抚着这珍贵异常的证书，一如抚摸着逝去的往事。

还是在阿华4岁的时候，老爸就去世了，留下他和老妈、哥哥相依为命。那是一段灰色的日子，老妈一个人靠耕几亩瘦田，养几头母猪挣点钱，维持这个风雨飘摇中的家。

在少年的阿华心中重重地烙着羞辱的是一年一度的外公生日。贫困的老妈竭尽所能，备了丰厚的贺礼，回娘家贺寿。阿华也穿了自己认为最好的衣服去见外公。势利的大舅妈不愿和这贫穷的一家子吃饭，知道他们必须在天黑前赶回家，便故意等到很晚才煮饭。老妈只好饿着肚子拉着阿华回家。

在路上，老妈哭着对阿华说：

“孩子，你一定要用功学习，将来为妈争一口气！”

就是这雾霭苍茫里的一句嘱托，便在阿华的心里扎下了根。

在学校，阿华是勤奋守纪的学生，各科成绩都名列前茅。小学毕业那年，他以全校第一的成绩考进了外语学院附中，而这样的荣誉在他所在的学校还是破天荒的第一次。

阿华总是这样对自己说：“你是铮铮铁骨男子汉，你必须站直了，挺起腰！”

在外院附中，有一个优美如画的学习环境，阿华似乎没有心思去欣赏美景，他把学习计划安排得细致周密，从不浪费时间。

学校给每位同学订的《英语学习报》，不是每个同学都看得很认真，但阿华却把这份小报看了一遍又一遍。初二那年，全市举行中学生英语大赛，觉得自己水平不错的阿华却以一分半之差被淘汰掉了。

从那时起阿华开始阅读《新概念英语》。《新概念英语》是英国成人教材，对初中生阿华来说很难懂，但他却看得十分的认真。碰到新单词，新语法，他就查字典，问老师。那时，他的英语老师也在阅读“新概念”，不过比他多念了三册。

在饭堂排队打饭，阿华愣愣地站着，队伍在面前脱了节，后面有人推他，他才从英语单词、句式中回过神来。

他开始第一次用英语去思维，构思一篇以和平为主题的文章。尽管那时学校课程还没有“英语作文”的课程。

他拿着有许多病句的文章去请教老师。在老师心中，仍然不相信一个中学生的能力能登上国际竞争的领奖台。但他被眼前这位勤奋执著的学生的追求所感动。他是那样认真地替他修改病句，然后给予热情的支持和鼓励。

三个月之后，奇迹终于出现了，阿华以第二名的成绩获得了优秀大奖。

接到获奖通知的那一刹那，阿华高兴得想对着蓝天大叫，他的第一个愿望就是回家，把这个消息告诉老妈和哥。

如今，那珍贵的证书被阿华的老妈供在家中。阿华正在加倍努力，他的人生历程还有许多更辉煌更灿烂的目标。

高三职业病

王 璞

静坐在书桌前，我将台历翻到卢沟桥事变纪念日——7月7日，在上面狠狠地打了个“X”。我很难想象那天的我会是个什么样子。不觉信手一翻，7月25日，这个日子好熟悉，我迅速地在大脑中搜寻着。1894年7月25日，中日丰岛海战；1943年7月25日，意大利发生政变，墨索里尼垮台；1946年7月25日，人民教育家陶行知逝世。好像还有什么事，——噢，差点把本人的生日忘了，那一天我就17岁了。17岁——雨季，多么浪漫！不好，去年考上大学的姐姐似乎就在这一天领到她的成绩单的，只恐怕我的17岁真要泪如雨季喽，我暗暗地想。恰在这时，正在厨房的妈妈喊道：“天都黑了，还不开灯？”电灯，哦，自学成材的发明家托马斯·爱迪生在1879年制成了耐用的电灯泡，不久电灯开始代替油灯用来照明，我一边开灯一边想。

刚做了几道英语题目，妈妈又喊道："开饭了!"我忙合上课本和《高中英语复习题精选》，扯过毛巾象征性地擦了下手，跑到客厅。"你吃煎饼还是馒头?"妈妈问。"Either (两者中的任何一个)。"我不假思索地答道。"你说的什么?"妈妈又问。我这才想起妈妈是教数学的，不会英语，忙改口说："随便。"接过煎饼，我一边大口吃着，一边听着新闻 (高考政治中时事政治占 10%)。收音机传来"……无视我国采取各种行动，单方面要实行经济制裁……""砰!"我禁不住拍了一下桌子："这完全是霸权主义和强权政治。'民不畏死，奈何以死惧之'。鲁迅先生告诉我们：'不在沉默中爆发，就在沉默中灭亡。'我国始终不渝地奉行独立自主的和平外交政策，促进世界的和平与发展是我国对外政策的……"我正在慷慨陈词，忽然发现爸爸看我的目光有点不对头，忙停了下来。只听收音机继续广播着："我国决定实行反报复……""大雪压青松，青松挺且直。"不过我没敢大声说，只是在心里自言自语。

新闻广播完了，饭也吃好了，正准备走，只听妈妈问爸爸："今晚有什么节目?""《三国演义》。"爸爸漫不经心地答道。我听到"三国"，不由自主地停下脚步说："公元 220 年，曹操的儿子曹丕，废汉献帝，自称皇帝，国号魏。公元 221 年，刘备在成都……""你是不是得了什么病?"爸爸终于忍不住了。“得病?！有可能，是‘霍去病’，不对不对，霍去病是汉武帝派去攻打匈奴的将军。我得的是……是‘高三职业病’。”我一边说，一边飞也似地逃回我的小屋。

选择坚强

◎晓　霜

我不会忘记那个7月。

想是上帝偏要和我开玩笑，在高考的前一天我病倒了。高烧不退，头痛欲裂，父母诧异的目光瞄向堆在我写字台上的各种高级补品。奈何？

因为要高考，虽然头痛的厉害，却不敢吃有镇定作用的药，只有以我本不强壮的身体与病痛硬抗！望着父母脸上焦虑的神情，我咬紧下唇，不让自己呻吟出声。

每次都由父亲搀扶进考区，然后在父亲关注、慈爱的目光中，踉踉跄跄地步入考场，心中默念："除了坚强，你别无选择。"

整个人趴在课桌上，一手支头一手执笔。此刻，我的头脑中没有丝毫时间空间概念，也不去想成功与失败。只有题，只有攻克它们的喜悦。这或许是因为在潜意识中，我深深知道父母在乎的是他（她）们惟一的女儿，而不是这场考试。

坚持了两天，8 日的晚上我终于起不来床了。我的泪水在偷偷地流淌，不为自己，为着父母自责的叹息！

9 日早上，我同输液瓶一起进入考场。父亲被特许在楼道里等，因为怕我会在考试中晕倒，然而我没有，虽然我很狼狈地一手输液，一手答卷，但我心里明白，我答得不比别人差。

当我写完答案的最后一个字，不禁抬头对着输液瓶露出胜利者的微笑，当同学们都走出考场，父亲冲进来，我哭着对父亲说的第一句话是："一生中不想第二次经历这样的痛！"

我真的不再需要第二次了，因为不久后我拿到了南开大学的录取通知书。至今不愿回想那个 7 月，但我真的很感激那个教我选择坚强的 7 月！

其实，在今后的人生道路上，我还会遇到许多的艰难与困苦，但，我相信自己仍然会选择坚强！

18岁，毕竟美丽一场

梁　萍

18岁有瀑布般披肩长发青春的飘逸，有橄榄绿世界流行色风衣绰约的风姿，有深褐色高统靴款款踏响校园幽径时的矜持。

18岁，毕竟美丽一场。

18岁是向妈妈撒娇、索求的时节。远方的包裹会源源地邮来，也邮来些许多教诲和隐忧。可18岁也是自信有余的年龄呵，对着家书耸耸肩，一脱口，溜出一句：“哎哟妈妈，你可不要对我生气。”

18岁的书，念得既轻松又费事，那凤凰涅槃可真悲壮，那周一的早上就坐在台前的老先生多么迂腐，那“关于什么什么的研究”多么可笑。18岁就是该啃书本的年龄，哎，啃吧——

常想若不考试岂不是件美差，可又要考了。收敛了翅膀，收敛了野性，捂着耳朵拼命地写呀答呀，考完了苦着脸怕论对错。一公布成绩，OK！

于是乎，结群搭伴叽叽喳喳出了校门，买巧克力买可口可乐买溜冰场上的旋舞与轻快。

贴有 4 分邮票的“白皮书”时常飘进了 18 岁的窗口。信封上的落款总是“内详”，或者干脆空白。第一个邮戳曾把 18 岁吓得不轻，以后再不。呵，18 岁等待一颗征服者的心。

当然，18 岁也把自己埋得很深，徘徊于思想之林，思索人生，自我，图腾……

18 岁永远那么多梦与健谈，和“江姐”，和“双枪老太婆”，和焦裕禄，和雷锋，和王进喜，和爱因斯坦，和居里夫人，也和毛泽东、周恩来……

哟，18 岁青春的坐标系上，永远是那么美丽。

今 天

◎ 魏明双

嗬，好一轮喷薄而出的朝阳！

天地之合，分娩出了又一个灿烂的今天。阳光，照亮了这大地，明媚了这街衢，妖娆了树的姿容，鲜活了人的心灵。

触景生情。联翩而至的一个个今天，每每让人生出与之拥抱的渴望。

不消说，我们每个人都是人生的画家。也许你把昨天涂抹得一片狼藉，也许你将昨天描绘得满目辉煌。而今天，是一幅被昨夜刷新的画布，是一次崭新的机会，任由你饱蘸激情，挥洒才智，把昨夜的梦幻变为神奇的画卷。

我们正作青春之旅。今天之于我们，犹如一叶从昨天渡向明天的小舟。我们不能搁浅于昨天的失意，或停泊于昔日的欣喜，希望在明天熠熠闪光。别以为，那是海市蜃楼，只要我们奋力划动理想和知识的双桨去追求，希望之光便会照亮心底的阴影，光荣我们的履历。

我们正置身人生的春季。今天，恰似一方位于我们脚下的土地。种瓜得瓜，种豆得豆。一分耕耘，一分收获，如若我们不在春天时播种、布谷，躬身耕耘，而只是哼着“明日歌”，从垄上走过，秋天时，也许能收获几缕杂草，几把空虚，却注定不会是丰盈的果实。

哦，今天，并非全都阳光灿烂，惠风和畅，但无论怎样，我们都不能轻易放弃。因为，只有拥有一串充实的今天，我们才会拥有一个饱满的人生。

走进7月

◘ 艾明波

走进7月，读一读夏日的颜色。

走进7月，看一看火红的季节。

身披一袭灿烂，心系一份执著，在无边的旷野遍尝鲜花的喧嚣，遍听清风的诉说，山也愉悦，水也愉悦。

静静地，在夏日小坐，悄悄地打开心锁，让所有经历过的日子从容地走去，把所有自己没有写好的章节坦坦荡荡地打开，还有被泪水浸湿的记忆，还有堆积于心之隅的那发霉的承诺……然后整理、晾晒，让这火热的季节庄严地圈阅。

翻开以往册页，忽然感觉，自己该写的地方却没有认真地去写，而不该写的地方却浪费了许多笔墨。人生或许真的不能承受这种无谓的消耗？或许真的不能再给我们一次机会去修补曾经的岁月？那么我们只有好好地对待我们的未来，好好地打扮我们面临的一切。

有风徐徐吹来，树影婆娑；有蝶翩然飞过，划出一道美丽的颜色。大自然的生灵都在这迷人的时辰尽现自己的风姿，展示自己的洒脱，而我们何以一味地坐在这里陷入永久的回忆之中将岁月的风铃摇落？要知道这个时辰属于耕作，这是一个用汗水注释人生的季节。

站起身来，抖掉前尘往事，也抖掉心中的落寞，用坚实的脚步去踏响今日的旋律也踏响明日的晨歌。因为我们必须以奋进的姿势不留给未来一丝遗憾，我们必须以成功的绚丽为生命增添一点亮色。

校园中的“绿”

◎ 刘 蓓

像被谁推了一把，大地从一冬的沉睡中醒了过来，她揉了揉惺松的双眼，舒舒服服地伸了一个懒腰，打了一个呵欠。于是，万物都像被赋予了新的生命，立刻充满了无限的生机：小河解冻了，小草悄悄地破土而出，小鸟在蓝天上欢快地飞翔，快乐地歌唱……这便是春天那旖旎的景色吧！然而春天让人们感触更多、更深的还是那漫山遍野，青翠欲滴的诱人的绿。是绿把西安这座古老的历史名城唤醒；是绿在人们现代生活的天平上又加上了一个砝码？使现代化的前进步伐又一次加快……因为“绿”是生机，是活力，是希望，是曙光！

“绿”是有形的，又是无形的。作为学生的我们，生活的时间最多的是在校园里，校园中的绿不同于大自然的绿。在校园里，我们感触到的不仅仅是小草吐芽、绿竹丛丛、青松挺立、铁树常青的佳景——这些有形的绿，我们感触更多的是那无形的，却比有形的更加充满生机和活力的绿。

漫步校园，无论是老师还是学生，个个都精神抖擞，意气风发。学习上，同学们奋发向上，思想活跃；工作上，老师们干劲十足，勇于革新，这一幕幕不正像那泰山顶上四季常青的松树，充满了绿意吗？

还记得元旦前夕，学校准备举行文艺汇演，同学们闻风而动，写剧本，练台词，做道具，全身心投入，都希望能拿出质量最高、最受欢迎的节目作为新千年的礼物献给全校的师生。那种青年人特有的朝气不正像破土而出的小草渴望得到阳光吗？

我们的校园像是一座大花园，教师就像一片片绿叶，初春鹅黄嫩绿，深秋姹紫嫣红，雪中虽然枯黄飘落，但脉络间依然存在着绿的希望，即便化作春泥护花也无怨无悔。莘莘学子像群芳个个争奇斗艳，不负众望。各种竞赛榜上有名，屡创佳绩；每年高考，成绩优异，北大清华，如愿以偿。校园里桃李芬芳，一派生机。到处充满着青春的朝气，到处呈现出浓浓的绿意。

这便是校园的“绿”，它着实可爱。有形的悦入耳目，无形的沁人心脾，像跳动的音符，像喷涌的甘泉，像初升的太阳，鼓舞人奋发向上。让我们充满信心地扬起理想的风帆，在这绿色的知识海洋里远航，迎接明天，迎接挑战！

开花的课桌

◎ 王连明

看看日历，知道已是春天，可走在户外，觉得风还是冬天的风，冰凉刺骨。太阳依旧病恹恹的样子，起伏的山，一片片的林子，全是灰蒙蒙的颜色，铅笔画似的，哪里有一丝春天的踪迹？有一天，我却意外地从学生的课桌上，发现了第一抹春痕。

学生在写作业，我在静悄悄的教室里巡视，蓦然看见，一个课桌的缝隙里，有一撮小草芽，用细细的白线娇娇地扎着。草芽针一样细，顶端嫩绿，往下是鹅黄，根部则嫩白。我站在那里端详了许久，心中一时有些感动。我相信，这是天地间的第一抹春色。在寒风料峭的二月里，在灰黄苍茫的天地间，发现这一抹淡到极致的春色，需要怎样的耐心和细心呀！也许只有灵秀的孩子们才能感觉得到。当孩子们采集到它时，一定十分快活，乃至大声地欢呼过。我捏起那一小撮纤细的草芽看了看，又插进桌面的裂缝里，坐在位子上的男孩，这第一抹春色的主人，仰脸望着我，笑了。

这以后，稍一留心，便天天可以从学生的课桌上，感受到春意的萌动和蔓延了。桌缝里，有一二截刚刚泛青或萌出芽苞的小树枝，三五朵小野花——那么小，白的似米粒，黄的、红的，像蜡笔上削下的碎屑。想这些鲜艳的粉末，该是二月的风荡来的春天的彩尘，细心的孩子发现了，便用小手指将它们拈起来，染在了他们的课堂上。终于有一天，我看见学生的课桌上，插了一枝迎春，枝条上是繁密的金色小花，如一串耀目的阳光。教室里，被映上了一层淡淡的暖意。

打碗花、紫地丁、黄地丁、映山红、葛花……学生的课桌上花事纷繁起来，演示着春天的进程。有些野花，我根本叫不出名字。一到春天，山里野花真是太多了，山坡上、田埂上、河边、路旁，到处都是。孩子们翻山越岭来学校，路上只要一弯腰，便能采一把在手里。这些山里孩子，有的还穿着露趾的鞋，穿着哥哥姐姐肥大的旧衣裤，他们无忧无虑地吹着柳笛，摇着手里的野花，沿着弯弯的小路跑着、跳着，到了学校，便把那花插在课桌上。有的孩子，还用细线把花枝绑在铅笔上，看上去，他像是捏着花枝在写作业了。花枝轻抚小脸，让人想不清，是花枝染红了小脸，还是小脸染红了花枝。

有一天，我迎着学生的歌声走进教室，看见我放着教科书的课桌上，也插了几朵野花。我的课桌最破，桌面上满是裂缝，循着纵横的缝隙，长满了青草、绿叶、小花。那课桌，仿佛是从春天剪下的方方正正的一块芳草地。我打开教科书，书页里也夹了几朵指甲般大小的紫色小花。我笑了，学生们也喜形于色。我没有说什么，便开始讲课。其实不必说什么，那一笑，已使师生的心沟通了，大家共守着默契。这一节课，上得格外好，学生始终情绪高昂。下课后，我拿起一枝开着淡紫色花朵的葛条，嗅了嗅，对学生说："真是春天了，连咱们的课桌也都开花了！"学生大笑，欢呼起来。这时候，一个调皮的男孩，指着一个女孩子说："老师，她也开花了！"我一看，可不，她的小辫子上，簪了一枝粉红的野花。学生们又是一阵击掌大笑。

在这开花的课桌间踱步，听着学生们那晴朗的笑声，我觉得，这教室该是春天的源头了。春天是从孩子们的身上产生，先染了他们的课桌，然后漫出窗子，染了山川。和孩子们在一起，就是和春天在一起。我想起了一位诗人的句子：

孩子是春天的另一种姿势

风　筝

司　威

终于做完了作业，一个星期天，又这样的坐了一整天。站起身，活动着手脚，走到窗前仰望天空，发现远处有一点黑影。哦，那是一只高飞的风筝。

那风筝飘来飘去，在自由地飞翔，在风中出生，在风中成长，被风哺育，被风培养，靠线绳的牵引，它高高地飞翔，去探索那未知的世界。

忽然间，我觉得自己就是那高飞的风筝，翱翔在广阔的蓝天中。父母殷切的期望，宛如那风总把风筝高高托起那样，希望我能够在那蓝蓝的天空中高高飞翔。老师给我知识，教我待人处事，就像那线绳为风筝指点迷途，带着风筝飞向天空。

风筝又是不幸的，它就像一只鸟一样翱翔于蓝天白云之间，但它又不及鸟儿那样无拘无束，自由自在的往来于各处。

当风筝高飞于苍穹之中的时候，身后总是有一条长长的线绳束缚着它的创造欲，束缚着它的激情，使它不能自由自在地飞翔。此时，风筝似乎说：“放松这紧绷的线绳，让我自由高飞吧！”

天渐黑了，风筝被慢慢地收回去了。唉，它总是要受到牵制的，但它也是幸福的，有人无微不至的呵护。风筝看不见了，一身的疲惫也已经消散，我要继续复习了。

夜里，我梦见自己变做一只飞翔的风筝，但那是自由的，可以让我展翅高飞，蓝天是属于我的，未来也属于我……

翱翔在天空上的感觉，真好！

放学以后

薛伟强

昨晚看电视看昏了头，竟把“背书”忘得一干二净。今天下午好不容易把古文攻下来，傍晚时学校里空荡荡的，已经没有几个同学和老师了。

我从一年级教室外匆匆走过，看见教室门没有关，也没有在意。走了一段路，觉得不对头，回头一看，那教室一片辉煌，四只日光灯在大放光明。

我心里有些发毛：四只日光灯如果开一夜的话，说不定有几只会烧坏的；再说，电视里不常常在告诫我们“能源有限”吗？这分明是在浪费能源呀。

我停步，转身，但走到教室门口，又迟疑了：这些天我们学校丢钢笔、圆珠笔的事时有发生，万一明天这个班级里发现丢失了东西，我这不是跳进黄浦江也说不清了吗？

我重新转过身，重新抬起了腿，但没走出三步，似有芒刺在背，那四只日光灯在呲牙咧嘴嘲笑我：亏你是个中学生，接受了七年多的学校教育，就连这点觉悟都没有？

我再次回头转身，终于义无反顾地走进教室。只是举手之劳，就把四只日光灯一一拉灭了。走出教室随手又把门关上。

走到过道上，忽然看见对面办公室门口站着位老师，他在看着我，他看见了刚才发生的一切？我有点惭愧：这一点点小事，竟费了那么多周折。我侧过脸，瞧了他一眼——哦，他正扶着鼻梁上的眼镜，冲着我微笑——虽然仅仅是微笑，但我已经觉得足够了。

我跳上自行车冲出校门，夜幕已经降临了。我看到遥远的天边有一颗很不起眼的星星，在闪烁着淡淡的光辉。

本子里的世界

◎曹 颖

书本，书本，本子总是被委屈地挤在后面。但比起书来，我们对它却更为亲切：在这里，“编者”，是我们；“印刷”，也是我们。每个人的本子上，流淌出各种不同的旋律。翻开本子仔细看看，就会发现一片五彩斑斓……

高中生的本子，确实比在初中时整洁多了。让我吃惊的是，许多男生的字迹竟如此悦目，与以前常取笑的“甲骨文”有着天壤之别。看来，须眉的确不可小觑呀！男生的字大都方方正正，笔画之间会有绵延不绝的连线。粗一看，还以为是个迷宫。而女生的字，总那么秀气，一个个密密地挨着。偶尔会冒出一两个极繁或极简的异体字，让人一怔。瞧，角落上淡淡地用铅笔打着的草稿，一定是哪个懒虫图方便忘了擦；整道题被重重地划去，又补在最后。本子上最醒目的，要算红笔留下的痕迹。一个勾一个叉，一个“优”一个“重做”，便是对这篇“作品”最威严的评价。

在本子中最具特色的，不是哪门主课的作业本，也不是随笔本，而是平时谁也没放在眼里的——草稿本。因为没有了那威严的评价，“便觉是个自由人”，这里的世界由我主宰。于是，草稿本被当成了方向盘，360 度随意旋转着留下痕迹。

里面，会露出几句歌词，用钢笔认认真真地写着正楷。一面练字，一面记歌，如此“美妙”之事，定是上课“闲”得无聊而成的杰作。女生们另有解“闷”良方：仔仔细细勾勒出一张美女图，再添上几滴忧愁的泪水——郁郁寡欢也。男生呢，在草稿纸来源告急，考试即至的“危急”情况下，满教室地奔走借纸。这时候，是不是也会慨叹：自己怎么没想到准备草稿本呢？

草稿本不仅不可少，而且还是课堂上最好的通讯工具。同桌之间急需交流，可老师又在“努力”地寻找“杀一儆百”的对象，于是便在本子上奋笔疾书。为了表达得简单而准确，常常会中文洋文一起上，结果意思是清楚了，字却龙飞凤舞，让人琢磨半天。唉，顾此失彼啊！.

草稿本不需要统一的规格，它的组成也五花八门。最正宗的是用雪白的纸张整整齐齐订成一本。而更多的则是某厂、某公司的报表便笺，一人一个样，绝不雷同。正因为原料充足，大家打起草稿来便是真正的大手笔：一个算式便判了这张纸的

“死刑”。有些报表的空格，名字：填上自己的大名；分数：往往是“100”或在后面加上更多的“0”。

再仔细的学生也不会有一本别人看得懂的草稿本。因为里面藏着的，是一个个不为人知的故事。翻开自己曾写满了的作文本，除了一些高分能令我微笑，我更为一篇篇过于规则的文章而感到隐隐的失落。但如今翻开这从未注意过的草稿本，我会发现无处不在的闪光点，虽不能算太亮，却给我一次又一次的惊喜。嗬，原来无心插柳，柳却会成荫！

心，需要放飞。放飞的心才会翱翔得更高。随意和真实，也能组成另一道绮丽的风景。合上本子，我这样想。

胖

◎ 黄艳平

她确实很胖，一米五四的个子，体重竟达 60 公斤。为此同学们常嘲笑她。

下了课不敢去和同学们一块玩儿，同学们嫌她笨。当大家兴高采烈地玩得高兴时，她就一个人站在墙角眼巴巴地看。有时就干脆一个人跑回教室，专心去看书。，

上体育课，要不是老师要求每个人都必须做，她从不主动去摸那些体育器材，因为说不定什么时候，就会招来同学们的轰然大笑。望着同学们洒脱地在宽阔的操场上奔跑，她羡慕得不得了，但如果她也上场跑，大家保准笑得跑不下去。于是她默默地站在场边上作看客。

茶余饭后同学们凑在一起聊天，也往往要谈论胖。因为这个年龄的中学生都爱美，某某的体形好看是她们常挂在嘴边的

话题。于是她怕，很少参加聊天的队伍。有一天午饭后，她实在无聊，看见几个女同学在一块儿谈天，她就大着胆子偷偷过去听。有人说：“你怎么也胖起来了，都快赶上……”她不敢听下去，又默默地走开了。这时她想，如果能使她瘦一些，叫她付出什么代价她都肯。

有一天晚上，她从衣箱里拿出一条裤子，准备第二天换上。李小红一把抢过去就往自己身上套，还嘻笑着说：“胖子，咱们换着穿，怎么样？我也赶赶时髦，穿穿这萝卜裤。你呢，穿穿我这个，也苗条苗条。”说着，还做了个极滑稽的动作。于是引得大家直笑得肚子疼。她呢，什么也没说，却憋得满脸通红，泪水直在眼窝转。

胖，难道也有罪吗？为什么她们老是嘲笑我，她经常这样想。

期末考试，她在全校取得了第一名！老师夸奖，学校奖励接踵而至。半年来，她第一次开心地笑了！胖，并没有妨碍我学习，她这样想，她满怀喜悦地抱着奖品回宿舍，刚走到窗下便停住了。

“你瞧人家胖子多棒，全校第一！”

“那是人家养料多。你想得第一？那就先加点营养，等上了膘……”

她好像被狠狠地刺了一下，但随即想，胖并不是耻辱，我是来学习的。于是她使劲儿挺了挺腰杆，大步走了进去。

屋里几个人愣了一下，互相对视着，沉默无语。她一反常态，冲她们笑了笑，说：“别这样看我，我虽然外观比不上你们，但其他方面我比你们强。胖怎么了？胖给人以值得信赖的感觉，给人以生活优越无忧无虑的印象，将来我会比你们都有发展，不信等着瞧！”

用潇洒伴随人生

◎张 健

在当今的中学生中“潇洒”已成为一个时髦的字眼，“如何潇洒”也成为中学生们的一个热门的话题，但由于对潇洒的不正确认识，有些同学步人了潇洒的误区：

有的人把大把地花钱看成是一种潇洒；还有人把打扮得漂亮、入时作为潇洒的最高目标；也有人认为影星们在电影上所做的动作最为潇洒，并一味地进行模仿……

但我认为，如果把这些都叫做潇洒的话，那未免太低级了。我们不妨来看看。

把大把花钱看成是一种潇洒的人无非是认为要让人家瞧一瞧：我是富有的，可以随意花钱而不必为钱担忧。但他们没有想到，我们中学生还在念书，所花的钱是父母用辛勤的劳动换来的，我们没有权利这样一边故作“潇洒”地大手大脚地花钱，一边伸手向父母要钱。我们不能为了一时的虚荣而去追求这种“败家子”式的潇洒。

打扮得漂亮些，确实能给人以某种潇洒的感觉，这本来无可厚非。但如果一味地追求外表的漂亮，而无半点知识，甚至于连“中国首都在哪里”这种常识性的问题都不知道，那未免也太庸俗了，弄不好人家还会送你一个不大雅观的外号——“金苍蝇”。所以这种“金玉其外，败絮其中”的“潇洒”是万万不可追求的。

影星们表演时的动作固然潇洒，但要知道那只是特定的人物在特定环境中所表现出的特定动作。如果不加区别，一笑一颦，举手投足全都加以模仿，那真是太可怕了。不妨设想一下，如果一个人与你谈话，对方正是这种类型的人，他一会儿来个刘雪华式的乖巧，翁美玲式的天真，再来个林青霞式的欢笑，忽而转为高仓健式的冷峻，那还不把你弄得直起鸡皮疙瘩？那时你对他是怎么想的呢？我想你一定会认为这不是潇洒，而是做作吧，甚至还会对他产生厌恶的心理。因此，这也不能叫做“潇洒”。

那么，什么是潇洒呢？周总理在这方面为我们作出了榜样。他的生活十分俭朴，甚至于临终时找不到一件像样的衣裳，而且他的右手还有些残疾。但是这丝毫没有影响他那泱泱大国总理的风度。他以他那宽广的胸怀，惊人的口才，无私奉献的精神赢得了全中国人民的心，受到世界人民的广泛爱戴与尊敬。这是何其潇洒？

从周总理的例子，我体会到，潇洒是一种修养，是长期培养出来的，是装不出来，模仿不出来的。

当然，潇洒还要自然。因为强装的潇洒毕竟太累，太不真实。我们要向社会展示一个不戴任何假面具的自我。不放纵自己，也不压抑自己，想哭就哭，一哭为快；当笑必笑，笑个舒心。但笑不是自大的嘲笑；哭过之后就不应再存太多的悲伤。不能娇气十足，也不应虚伪矫饰，要瞄准自己正确的奋斗目标坚定地走下去，让自己活得自在，活得潇洒！

当然，潇洒所要具备的条件不止这些，但我认为上面所说的是基本条件。

同学们，让我们走出误区，用知识装扮自己，让欢笑点缀生活，在生活中寻找一个全新的自我，潇洒地走一走生活之路吧！

乐，就在我们的生活中

◎许　磊

别用你忧郁的目光呆望着书桌了，小薇。我们不是都那么喜爱何其芳的诗吗？他不是曾经告诉你我“去在平凡的事物中睁大你的眼睛”吗？那么，来吧，小薇！睁大你明亮的眼睛吧，生活中到处充满了快乐，难道你不曾看到，不曾感受到吗？

为了艺术大奖赛，同学们牺牲了课余时间排练舞蹈，我们不也去了吗？那是多么快乐的时光啊！我们的舞姿是那么笨拙，大家跳着，笑着。班长那过于认真的神态和动作时常让我们笑弯了腰。那一次，正当大家跳得起劲的时候，文艺委员一不小心滑了个大跟头，坐在了地上，大家笑得都跳不动了，连音乐都被笑声淹没了。那时你不也笑得前仰后合，不也被快乐感染了吗？那次我们取得了第二名的好成绩。那时的快乐才是真的快乐。内心之喜全从扬起的眉毛、微翘的嘴角流露出来。是啊！我们的时间没有白花，我们的汗水没有白流，这种欣慰与满足难道不曾带给你快乐吗？

学习？你又提学习了，小薇，学习真的那么枯燥、那么苦吗？考好了，朋友一拍你的肩膀："走，我请你。"一瓶甜甜的汽水一直甜到心底。此时你心中除了对自己苦读的回报感到喜悦和欣慰，一定还有对朋友的真情的感激。考坏了，当你情绪低落时，老师亲切鼓励的话语会在你心中重新升起希望和信心之帆。想想这些吧，小薇，其实学习的乐趣又何止这些呢？

放学了，你的车胎却没气了，正当你皱着眉头推车走向打气站时，忽然看见几个男生在远处做着鬼脸，吃吃地笑着。原来是这些淘气鬼。这时你还生气吗？你一定是笑了，尽管不知是笑自己还是笑他们。这种愉快又是另一番情趣了。

至于打球、聊天、郊游、节日就更不用说了，快乐就洋溢在我们身边，难道你不曾看到，不曾感受到吗？

让我们拉起手吧，小薇，生活中这么多的欢乐等待我们去分享。让我们再背一遍何其芳的诗吧，"生活是多么广阔，生活是海洋，凡有生活的地方，就有快乐和宝藏……"

美丽的歧视

◘ 胡子宏

高考落榜，对于一个正值青春花季的年轻人，无疑是一个打击。3 年前，我的同学大伟就正处于这种境地。而我则考上了京城的一所大学。

当我进入大学三年级时，有一日大伟忽然在校园里寻到了我，原来，他也是北京某名牌大学的一员了。

“祝贺你——”我说。

“是该祝贺。你知道吗？两年前我一直认为自己完了，没什么出息了，可父母对我抱有很大希望，我被迫去复读——你知道‘被迫’是一种什么滋味吗？在复读班，我的成绩是倒数第五……”

“可你现在……”我迷惑了。

“你接着听我说。有一次那个教英语的张老师让我在课堂上背单词。那会儿我正读一本武侠小说。张老师很生气，说：大伟，你真是没出息，你不仅糟蹋爹娘的钱还耗费自己的青春。如果你能考上大学，全世界就没有文盲了。我当时仿佛要炸开了，我噌地跳离座位，跨到讲台上指着老师说：你不要瞧不起人，我此生必定要上大学。说着我把那本武侠小说撕得粉碎。你知道，第一次高考我分数差了 100 多分，可第二年我差 17 分，今年高考，我竟超了 80 多分……，我真想找到张老师，告诉他：我不是孬种……”

3 年后，我回到我高中的母校，班主任告诉我：教英语的张老师得了骨癌。我去看他，他兴致很高，其间，我忍不住提起了大伟的事……

张老师突然老泪横流。过了一会儿，他让老伴取来了一帧旧照片，照片上，一位书生正在巴黎的埃菲尔铁塔下微笑。

张老师说：“18 年前，他是我教的那个班里最聪明也是最不用功的学生。有一次，我在课堂上讲：‘像你这样的学生，如果考上大学，我头朝地向下转三圈……”’

“后来呢？”我问。

“后来同大伟一样，”张老师言语哽咽着说，“对有的学生，一般的鼓励是没有用的，关键是要用锋利的刀子去做他们心灵的手术——你相信吗？很多时候，别人的歧视能使我们激发出心底最坚强的力量。”

两个月后，张老师离开了人世。

又过了 4 年，我出差至京，意外地在大街上遇到大伟，读博士的他正携了女友悠闲地购物。我给大伟讲了张老师的那席话……

在熙熙攘攘的人群中，大伟突然泪流满面。

在那以后的时光里，我一直回味着大伟所遭遇的满含爱意却又非常残酷的歧视。我感到，那“歧视”蕴含着一种催人奋进的力量。对大伟和那位埃菲尔铁塔下留影的学生而言，在他们的人生征途中，张老师的“歧视”肯定是最宝贵最美丽的。

雨夜放歌

◎木 风

刚到高中时，恰好与一班毕业生同住一个楼面。当那年夏天临近的时候，他们面临着毕业与离别。看着他们一个个收拾行装，离去，留下的人越来越少，沉闷的气氛令我们也感到压抑。剩下最后一个人的日子，只有在吃饭的时候才看见他提着饭盒在空荡荡的走廊里慢慢走过，低着头，脸上毫无表情。我不知道，他是怎么度过那最后几天的，想到我们以后也要经历这份寂寞与伤感，我甚至有些担心。

后来又看到了这样的场景：

毕业前的一个晚上，一阵喧闹把我们从睡梦中惊醒。睁开双眼向窗外望去，依稀见到一群人在楼前走过，嘴里喊着什么。那天下着小雨，“惊魂未定”但又好奇心甚强的我们打起伞跟在他们身后。

东区女生宿舍很多窗户打开了，她们点起了蜡烛亮起了手电。烛光与灯光在细雨微风中随着歌声摇曳。

很难说清是怎样一种感受，但那场景至今难以忘怀。

当时就在想，高中毕业的时候也要去唱歌。可以是摇滚，可以是民谣，就像在这样静静的夜色中，为了离别而洒泪放歌。

这一天已经越来越临近了。

"根"赞

◎史　翡

古木参天枝繁叶茂，靠的是根。根伸到地的深层，吸收水分，吸收养料，供树木生长发育。

华山之巅的不老松，黄山险峰上的迎客松，泰山峭壁上的望人松，无一不是把根扎在磐石的缝隙里，才使它们顶寒风，傲霜雪，令人敬佩，令人神往！

鲜艳的花朵，丰硕的果实，都离不开根。但是，人们常常赞美盛开的鲜花，讴歌丰硕的果实，而很少赞美根的贡献、根的精神。

我赞美根，赞美它默默无闻的奉献精神。它把自己深深地埋在地下，不见天日，不见阳光，不被人们重视。我赞美根的执着追求精神。愈是干旱，它就愈是向地的深层探求水分、养料，供树木生长，鲜花开放，植物结实。我更赞美根不争名利、甘作无名英雄的精神。当人们赞美鲜花、赞美果实的时候，它并不计较，并不反悔，仍是专注地向地下探求。

我们伟大的祖国有许许多多像根一样的无名英雄。最值得人们称颂的是辛勤的园丁。我们是幼苗，我们是花朵，是老师的雨露甘霖滋育着我们成长。黎明，当人们还在甜蜜的梦乡中，我们的老师便开始一天的工作；深夜，人们早已酣然入睡，我们的老师还在灯光下批改作业。我们的每一点进步，都倾注着老师的心血。我们是干、是枝、是鲜花、是果实，但我们都离不开园丁的“根”。

绿叶赞

◘ 小 倩

有人称赞牡丹华贵艳丽，有人倾慕百合幽香高雅，更有人喜爱莲花玉洁冰清。

历代多少文人墨客把花视如珍宝，以花为题，写下了多少名传千古的优秀篇章。然而衬托这些秀丽妩媚、鲜艳夺目的花儿的，正是那些不为世人所注意的绿叶。

春天，当你走进一片花海之中时，你会想到鲜花怒放，靠的是一片片平凡无奇的绿叶吗？正是这些绿叶，经无数次的劳动——光合作用，制造了大量的养料供花朵成长，使花儿一朵比一朵娇艳。而绿叶自己呢？她从不摆出骄傲的样子，尽自己所能做的一切，努力使鲜花开放，同时又以她的翠绿衬托着鲜花。

盛夏，绿叶们手挽手地撑起一把绿伞，为人们送来凉爽。

金秋，绿叶在秋风的吹拂下纷纷枯黄、脱落，她并不为自己短暂的一生而悲伤，也不为自己没有得到人们的赞赏而难过。她勇敢地拥抱芳香的泥土，甘愿化作土中的养料，为大树所吸收，使它长得更茁壮……

我常想：鲜花好看，要是没有绿叶的衬托，也显示不出她的美丽。自然界与人类都是这样。一个人，即使你是出人头地的佼佼者，也只有置身于千万个平凡劳动者之中，才能有所作为。

一片渺小的绿叶，反映出它多么伟大的品质。在现实生活中，不知有多少像绿叶一样的人，默默无闻地作出自己的贡献。

我们敬爱的老师，他们在自己的岗位上，教导我们学习文化知识，不知倾注了多少爱心，希望我们长大成材；他们像春蚕一样，无私地为人类贡献着一切，用辛勤的汗水抚育我们成长。他们所做的这一切，难道不像那些不为世人所注意的绿叶吗？

我要做一片平凡的绿叶。

同　学

◘ 周鸿飞

在各种社会关系中，同学这种关系也许是很富于温馨感和亲切感的。想一想，“恰同学少年，风华正茂，书生意气，挥斥方遒”之时，大家就读一堂，是多么难得的际遇，又留下多少美好的记忆！

记得我小学六年级时，有些小伙伴闹不团结，班主任高老师批评他们：“你们同学一场，不懂得珍惜。再过多少年，你们想聚到一起，也困难了！”当时真是少年不知愁滋味，任凭老师苦口婆心，有的同学还是不解其意。可是，若干年过去了，当同学们再聚首时，不约而同地回味起当年老师的话，这也是实践出真知了。

如果要问，同学关系为什么这样珍贵？也许，有多种内涵：同学是缘分，同学是青春，同学是亲情，同学是历史，同学是一种永远忘不掉、剪不断、说不完的联系，人生能有一批重情义、有品位的同学，不但是一种幸运，而且是取之不尽、用之不竭的宝藏。

一位大学同学，过了不惑之后，仍在攻读博士学位，远道来到京城，我禁不住要约他一聚，他那充满爱国情结的论文，给我多么巨大的触动。

一位中学同学，下乡历尽艰辛，又逢企业下岗，被聘新职位到北京，我忘不了请他来家，他的充满沧桑之感的话题，让我许久不能平静。

一位小学同学，供职工厂，负荷沉重，假日来京散心，我们同桌共酌，情钟苍生，漫话底层，使我加深对国情和社会的理解。

真是说不完的同学事，写不尽的同窗情。每个同学都是一本大书，都有一段沧桑。我多么想拿出专门的时间，遍访我的同学，抒写我的同学，让世人了解我的同学，尤其让年轻的一代知道这个世界确有那么一批以利他的价值观生存着的人们！

这些年，尽管人生不相见，但不论经历多少变故，我也不疏远我的同学。因为，同学之间最富于理解，最容易沟通，最讲究平等，最少庸俗气。我喜欢同学之间的书生神交，我喜欢同学之间的开怀畅聊，我喜欢同学之间的慷慨相助，我喜欢同学之间的直呼其名。当社会上的某些人格被扭曲的时候，同学还是一块难得的净土。然而，如果这片净土出现些许不协调，也将使我感到惶惑和痛苦。

那一回，终于让我遇上了难堪的一幕：一位在学校里挺相知的同学，历尽坎坷，久别重逢，却清楚地称呼我的职务。顿时，我似乎惊呆了，仿佛像《故乡》里的“我”被成年闰土称呼为老爷那样让人刺心！我扪心自问，是我摆了臭架子，或是我对同学有什么怠慢？细想下来，我还无愧。那么，是什么因素致使同学之间难脱世俗的氛围呢？看来，还是树欲静而风不止，社会上的庸俗之气无处不入，连同学这个纯洁的领域也不能幸免！

由此，让我悟出同学之间还有一种使命，一种历尽沧桑、青春永驻、锲而不舍、百折不挠的使命。净化社会风气，同学也不是死角。还是从同学开始，莫泯当年的理想，继续做韧性的努力，让真善美坚持下去，代代相传。

别矣，母校

◎ 张爵文

“春风虽欲重回首，落花不再上枝头。”

没有人不怀念过去，也没有人不憧憬将来，但山川沟河，终有完尽，又何况人之岁月？“人生七十古来稀”，人世只不过是匆匆的数十寒暑。诚然，五年并不是一段短暂的时间，但在我似乎只会历时片刻，也就只像一声长叹，消逝得无影无踪；生命转眼成空，我们将会飞也似的逝去。不是吗？时光荏苒，岁月不留，人会终老，光荣的日子也会溜去，余下的只有不死的回忆。假如不及时留下一点雪泥鸿爪，小半人生也就无痕迹的静静溜去。

人是多么古怪的动物，他希望自己喜爱的东西永存，一旦它瞬息消逝了，就会倍觉依恋。同样地，母校的一切，在一瞬间变得那么亲切，那么可爱，礼堂中的一灯一火，教室中的一椅一桌，园中的一草一木，都使人留恋，使人不舍。几年来，大家欢聚一起，同堂共观，研讨切磋，劝善规过，一朝分手，各奔前途，不免有点黯然神伤，令人感到空虚和孤寂。但有什么办法呢？一纸文凭，就逼我跨过社会的门槛，好像一个从未离开母亲的孩子，一旦要出门远行，他的心情是多么的惆怅。谁都知道，离别所给予人的感情折磨是难堪的，正如李后主云："是离愁，别是一番滋味在心头。"

提到别离，任谁铁石心肠，都免不了感到难过，眼眶总会有点儿湿润。不过，"乐莫乐兮长相知，悲莫悲兮生别离"，天下无不散之筵席，人生的聚散也不能预料的，人的一生绝不会静如止水，因为一湖碧水，有时也会泛起轻微的涟漪；人生就免不了碰壁失意。

多少人为前途而秉烛夜读，以求考试合格，祈望将来能在社会上名利双收，但又有谁能防止希望之尽成泡影呢？他们又可知道人生的道路上本来就满布荆棘丛林，而辉煌的生命就是靠不断的失望与失败而增添色彩？不论失败也好，别离也好，都不是愁郁所能驱散，因此我们应互相鼓励和祝福。因为悲伤只能增加惆怅，而祝福却为将来带来希望。祈望于生命的旅途中一路平安，在茫茫的人海中乘风破浪。

"归去，归去，夜深闻杜宇，归去游子别离绪……"母校，我不能回到您的怀抱，平庸的文章更写不出离情之意，祝福之辞，只能在这空白的纸上抒发我的热忱，寄上一份深厚的感情。因为我在我生命的史册上留下最值得缅怀的一页。别了，在校的同学们，你们比我们幸福，还有机会留在母校，还未尝到我们遭遇到的离愁。愿你们能把握机会，爱惜光阴，努力学习，修养自己。那么毕业后便不会留下一页后悔的历史。听我一句话——珍惜时光，享受你的学校生活。

“另类”老师

朱育丹

A

他是我的美术老师，认识他也不过是在几个星期前，那是上高中以来第一堂美术课。上课铃如催眠曲般地奏响了，我懒洋洋地从书包里抽出了美术书，无精打采地放在了桌上，不自主地伸了个懒腰——大半天了，难得碰上节副课，可以好好休息一下了。

门开了，进来个年轻人，由于没戴“二饼”，我的视网膜上只留下了个轮廓——

不高的个子，倒三角脸、平头、大耳朵，穿一件黑“T恤”……

“米老鼠”，我下意识地反应。急忙戴上“二饼”仔细端详起来：大眼睛、高鼻梁，不过面部表情有点儿刻板。他大摇大摆地走向讲台，手里只有一本美术书，大出我意料的是，他并没有停在讲台前，而是坐在了前排的一张空桌子上。一时间，所有人的目光都被他的举动吸引了，我的睡意也没了。

“今天我们来上美术……”他口若悬河地说了起来，讲得挺杂的，甚至是想到哪儿说到哪儿。一时间我似乎成了只无头苍蝇，竟抓不住他讲课的重点。也许是习惯了以往“教参倒爷”们的说教，今日出现了个“另类”，一时难以招架。的确，他所讲的似乎都是重点，又似乎都不是重点。

一堂课糊里糊涂地过来了，坦白说，我什么也没听进去，但还是条件反射般记下了当天的作业——“作业是书上第一页的两道题，答案在书上，抄一下就可以了。如果不想抄，可以随便写些对美术的杂感。”

也许是从没听过可以选择的作业，也许是从没见过这样的老师，我竟愣了半天，痴痴地望着他手中那本书——整整 45 分钟，他连翻都没翻过。

果真，与众不同。

B

我一向不屑干拷贝书的蠢事，于是选择了后者。信手写了一段杂感，不长，都是实话，谈到我对美术的一些疑惑，譬如艺术品总是很难理解，一时难以接受之类的。

写完了，交上去，过两天发下来，翻开作业本，我不禁吓了一跳，美术本上竟是一片“红”：密密麻麻全是他的评语，相形之下，我那几行杂感，已被挤成了一团。

我呆住了，默读一遍，这哪里是评语，这分明是一篇议论文：思维严谨，引论充分，势如排山倒海，一气呵成。文中用了许多例子，什么“曲高和寡”、“民族的才是世界的”，有点儿难懂。不过在文末一句“点睛”之笔令我顿时感到“溪头忽转”：“真正的艺术品，不在于取悦别人，而在于取悦自己，取悦别人是俗，取悦自己是真。”

如果说两分钟前，我对美术，尤其是艺术品还是门外汉的话，那么此时，我已找到了这神圣殿堂的门槛。

我随手翻了一下同桌的作业本，竟然也是红红一片，再看看班上“同仁”们一个个瞪着眼，张大嘴，拿着作业，一副受宠若惊之态，显然他不是一时的“头脑发热”。

我似乎感到我们是出题的老师，而他却是个答题的学生。

果真，另类。

C

第二堂美术课的铃响了，他依旧大摇大摆走进来，依旧坐在前排空桌上，依旧口若悬河地说着。

不同的是，我没了困意，规规矩矩拿出书来，手中还多了枝笔。

猛然间在美术书上，我发现了一张雕塑照片——一个人屈腿而坐，一只手搭在膝上。

我下意识地抬头，只见他也是屈腿而坐，一只手搭在膝上……

唯一不同的是他的脸部表情在变化。

“艺术品”，我愕然！原来他就是一件艺术品，一件真正的艺术品。不一样，就是不一样……教室里滔滔不绝讲着的，不是倒爷，也不是侃爷，却是真正最不像老师的老师。

最后一个学期

殷 俊

过了这个新年，只有一个学期，她便毕业了。

她的心中装了许多美好的、喜悦的愿望，她盼着毕业，盼着走出这个校园。

阳光在庭院的水里闪着光芒，刺得人眼花缭乱。接过母亲递过来的一叠皱皱巴巴的钱币，她心里想着：最后一次交学费了！

母亲背转身离去的脚步显然有些蹒跚，母亲老了，可是她辛辛苦苦的一生为了谁？

临上车时，母亲从口袋里掏出一叠零钱，叮嘱着："坐车小心，好好照顾自己。"她却再也忍不住地泪水夺眶而出……

这个村庄，给予了她太多的爱与牵挂！

冬日里枯寂的村庄离她愈来愈远，可是她眼前却愈来愈鲜明地现出母亲那张饱含太多内涵的苍老的脸，以及父亲那双因农忙而先去了三个指头的如枯藤般的手，那双手，仍在不断地忙碌着……

冬天，还没有走出那个院落。

夜，在不知不觉中悄悄降临。黑暗无边，而她却无眠。

隔壁传来母亲均匀的呼吸声，父亲，打着响雷般鼾声。一只猫在她的被角甜蜜地入梦，它不能想象这么深的夜，还有一个人不曾入睡。

想什么呢？或许是在想着这个家庭的诸多变故吧，也许是在想着度过了这最后一个学期，她将会为这个家做些什么。

母亲忙碌了整整一天，临近二十点时，还起床喂了一次猪。就着灯光做鞋，一直到一点钟才躺下身。而这时，她已醒了，却再也睡不着。

母亲在睡梦中呢喃了一句什么，她又在焦虑着什么？唉！母亲连梦中都在为这个家操心。

天刚蒙蒙亮，她开了灯，在床上看书，翻开昨天未看完的那一页，却惊醒了母亲。母亲问："怎么起那么早？睡好啦？"她回答了一句。母亲也起身了，外面传来了扫庭院的声音，打水的声音，再一会儿，母亲端了一碗炖鸡蛋已走到床前，与每次一样，她知道：母亲是不会喝一点儿的，即使她再推让，也只是小抿一口。

鸡和鸭子在院里子叫唤着，热闹的声音使她暂时忘却了那丝苦涩，母亲或许也会略略欣慰些吧。

她说：“妈，明天要开学了……”母亲自是理解未说出的话，她只说：“我知道了。”可是母亲的眼睛里明显地有着一丝忧虑。

早上，她吃了母亲做的汤圆。母亲一个劲地叫她多吃点儿，说在学校里就缺这个。中午母亲又忙着包饺子，因为她常说：“弯弯顺，无论走过多少弯路都能顺顺利利。”

她想：最后一个学期了，我很快便可以为母亲分担些重担了。是的，最后一次交学费！穿过川流不息的人群，路旁的招牌吸引着每个行人的视线。她除了行路，心里仍在想着母亲，刚刚从家里出来，便开始思念起母亲来，这是为什么？她已经不再是孩子了呀！可是母亲，明明如同就在眼前，就在她行过的路的后面，用双目注视着她远去的背影。

一条路在眼前延伸着，遥远的，她如同见到了未来的那阳光，在她的前方，照得她心头暖烘烘的。

对　手

罗　蕊

好像是老天爷故意安排似的，他又和我分到了一个班。他在两年前就是我的对手了。你不要误解，这可是学习上的对手，不是打架的对手，论打架，凭他那五大三粗的样子，不把我打得稀哩哗啦才怪呢。

两年来，我和他明争暗赛，仍然是旗鼓相当，中间虽然有一些不是我败就是他败的情况，但大体上还是平手仗。他努力学习，这不，我一抬头就能看见他家窗户里的灯又亮了半夜。哼，明儿问问他，看他说不说实话。第二天清早，我和他一起上学，路上，我试探性地问：“昨晚又‘开了夜车’吧？”他脸上马上现出痛苦的表情，说：“昨晚我头疼得厉害，不要说‘开夜车’了，我一连挨了三针。”哼，又在说谎，演戏演得像得很呢。为了打败对手，双方都采取了“麻痹敌人”的策略，这种情况已经持续两年了。现在已是初三，他还是那么不老实。哼，“量小非君子，无毒不丈夫”，你骗我，我也骗你。我说：“唉，我昨晚头有点疼，老早就睡了，哪像你，体壮如牛，精力充沛呀！”他听了显然不相信，我可管不了这么多，把自己的学习搞好要紧。

在初一、初二时，我们平分秋色，可不知怎么搞的，到了初三我总是仅以一分之差而屈居他下。于是，我在愤慨之余对他就有点嫉妒，这可是正常现象，你可不要对我有成见，换了你恐怕也会的。记得有一天上午，我到班里时，一眼就看见他身边围了一群请教问题者，我一看见，心里就来气，挤到他面前。我和他是同桌，我坐里边，要是往常，我一来到他面前，他就触电似的站起来，让我进去。可今天例外，我到他跟前，他一动没动，仍和别人讲问题。我本来就有气，这一来更是怒火中烧，几乎喊了起来：“劳驾！请让一让，让一让好吗！”他一听，发现是我，顿时脸上通红，一直红到耳根，立刻站了起来，让我进去。四周一片议论，我不管这些，赶紧掏出作业本写起作业来。可没多大一会儿，就被一道题卡住了，我绞尽脑汁，也没理出个头绪，演草纸用了一大堆，还是攻不下来。我停下笔，努力使脑子清醒一下，一转头，看见他已把那道题做了出来。问他？哼，我才不干呢，我非攻下它不可。我正想再算算，他那温和的声音传来：“用切割线定理。”我的思路豁然开朗，抓起笔，不一会儿就把那道题拿下了。我朝他投去感激的一瞥，他正在朝我微笑。“谢谢”两字已到了嘴边，又被我吞了下去。放学临走前，他突然塞给我一张纸条就跑开了。我疑惑地打开一看，上面写着：“我们之间除了竞争分数，难道就没有别的什么了吗？”我望着他远去的背影，心里说不出是什么滋味。

弹指间，紧张的初三生活已经结束了，中考考试的成绩公布了，他考上了外地的一所高中，我考上了本地的一高。他临走的那一天，我送他，他满脸真诚地对我说：“愿我们三年后仍是对手！”我使劲儿点了点头，泪水模糊了我的眼睛。终于，他上了火车，火车像一堵无情的墙，把我和他隔开了，我呆呆地看着他那只挥舞着的手臂随着火车的前进越来越远、越来越远……

高老先生

黄 凯

年轻的老师和学生称他高老先生，说他学识渊博，个性十足，具有超脱世俗的一种——“俗”，说到底还是俗，与众不同的俗。

老教师称他“喂”，说他不正经，很缺乏师职人员的气质和风度，但又不得不承认他肚子里全是春秋。

他叫高鹏举，因为岳飞也是字鹏举，所以他对自己的名字很满意，常有事无事就唱怒发冲冠，凭阑处，潇潇雨歇……后来电视上播了《傻儿师长》以后，他就不怎么太得意了——剧中主人名叫樊鹏举，人称樊傻儿。

高老先生年近四十，仍是个快乐的单身汉。他的观点是教育家应以教育事业为妻，言语之外，就是老师要打一辈子光棍儿。看着身陷油盐酱醋之灾的肖老师，他深感万幸，独身一人，自己吃饱便天下太平，实在妙哉！家中没有女主人，多了份自由，但也使高老先生养成了许多坏习惯。首先便是抽烟，整个办公室仅他一个人抽烟。其他老师当林则徐，竭力禁烟。他便舌战群“林”，大唱“李白斗酒诗百篇，老高千字一包烟，被动吸烟美似神仙”等等，气得大伙无话可说。于是众“林”退一万步，在他吸烟时大开窗门，让烟雾向外缭绕，他的“千古绝唱”便传遍全校。其次便是喝酒，他酷爱喝酒，爱得之深，即使你举枪对准他说再喝就要你的命，他也会毫不犹豫地举起酒杯。他喝酒的酒杯很特别，喝的是“二锅头”，用的是啤酒杯。那杯子大得曾经让来他家吃方便饭的杜老师吓得拔腿就走。不过他酒量很好，从不贪杯误事。第三便是邋遢，衬衣领子常常是黑得发亮，他说他爱穿白衬衫，但大家常见他穿的是灰黑色的衣服。他屋子里很乱，墙上、天花板上挂满了他自己创作的漫画、摄影照片、肖像画等等。地板上铺满了杂乱无章的纸张。书柜里堆满了文集、通史，床上睡着的是书不是人。但这些书不很珍贵，好的书他都珍藏在另一个比客厅还大的书房里，那个书房倒很干净，有几个很考究的书柜。里面的书有的很难看到，甚至有些是宋朝和清朝的版本。这间防盗再高明的贼也进不去。

高老先生很会写文章，是省作协的会员。他不仅写杂文，还写散文和诗，很有个性。我敢说，只要清醒着写的文章足以愧死托尔斯泰和莎士比亚。无奈，他写文章时不是抽烟就是喝酒，从来没有清醒过。所以，大家至今都称他“高老先生”或“喂”，没有人叫他托尔斯泰和莎士比亚。高老先生学问不浅，他完全可以胜任初中的任何一门学科，曾被评为市里的优秀教师和全能教师，但因为他爱抽烟，老洪不让他进教室，叫他到教务处当主任。他不干，跟老洪辩了一场，大获全胜，乐颠颠地到初三教历史去了。他教历史就像讲评书，有味道。学生很爱听，学得也很好，市教委知道了，强行要把他调到另一所省重点中学教书，老洪急了，到市教委去评理。高老先生也是“士为知己者死”，教委只好作罢，他现在还在教历史。

最近他得了肝炎，住了两次院，学生停了几天课。他说他要戒烟了，不是为了自己，而是为了学生。

举步回首

◘ 白东东

举步，回首；再举步，再回首。别了，我的母校；别了，我的伙伴；别了，我爱的你们。

这是离别的季节，这是离别的日子，风唱着歌，树摆着手。啊！蓝蓝的天上白云飘，是在向我告别吗？

举步，回首；再举步，再回首。静静地孤立着的是龙爪槐的身影，悄悄地默诵我们曾共同拥有的快乐。骄阳下，你用弯曲苍劲富有古意的手臂遮挡着火辣辣的阳光，我感受到了由身到心的清凉，而你却被烈日的毒针刺痛，轻声地发出沙沙的呻吟。我抚摸着你粗糙的皮肤，磨破了我的心。你用你那洁净的心呵护着我。而我只能用无言的抚摸向你说声“谢谢。”

在我伤心的时候，我在你身旁呆立。向你倾诉我心中的悲痛，眼泪不争气地流下，滴落在你的脚边，你默默地听着、听着，我语无伦次、反反复复地诉说，你总是微笑，从没有不耐烦的神色，如甘露滋润我的伤口。我看到你的眼光是那么柔和，使我产生了撒娇的冲动。你让清风吹落我的泪，用你那如颗颗赤心的落叶抚摸着我的脸，我的身，我的心，这清新的言语在抚平我破裂的伤口。

我快乐的时候，伴着我歌唱，我发疯似地围着你跳啊，笑啊，没有一会老实劲儿。你也跟着我快乐，舞动着自己的手臂，但你忽又默默地适可而止地停住，微笑着，让我保持矜持。我理解你，温柔地倚着你坐下，与你共同数着天上明亮的星。

当装满错误的盒子被我不小心打翻后，是你阻止了我逃避的举动，开导我，教育我，甚至有时会用你强有力的手臂轻轻地轻轻地“打”我。我知错了，我承认了错误，我改正了。你用你特有的行为夸奖着我——拍打了一下我的好幻想的脑袋，我看到了你欣慰的老泪。

啊！老师，是老师，站在你身旁，那已转灰、变白的也曾油亮乌黑的头发，那如刀凿斧砍般的深纹，那略有些佝偻的身躯，我熟悉的不能再熟悉的身影，忽然间不见了。在哪里？在哪里？咦？你的笑容为何如此熟悉，啊！我知道了，是老师已经融入了你的躯体里。老师，再见了。

举步，回首；再举步，再回首。那可爱的五彩斑斓的月季花就在脚下，露着真诚的笑脸，是你们伴我度过紧张而又快乐的高中生活。校园里常发现我们在一起嬉戏的身影，我们欢笑着，我们玩闹着，我们尽情地戏耍着，紧张的学习后让我们轻松一下，放纵一下我们热血沸腾的心胸。一张张鲜艳的充满朝气的脸迎着太阳笑，笑得弯了腰，又挺直了腰，你们含苞欲放。晶莹的露珠从脸上滑过，落在碧绿的臂上、身上。你们贪婪地吸吮着天地精华，呼吸着清晨的朝气，永不知疲倦地跳着无节律的舞。

我感到了朝气，我感染了快乐，我和你们共同度过这美好的光阴。我们是伙伴，我们也有过冲动，为了某个问题而争吵得唇焦舌燥，天翻地覆，甚至舞动了拳头，但我们终归是朋友，忘记了不快，加深了友谊。

有时，我们一同坐着，坐在碧绿的草坪上，尝试着无声胜有声的境界。有时，我们又大侃特侃，说理想，说现实，说我们自己与老师，我们无忌地笑着，无忌地哭着，无忌地说着，无忌地跳着，我们共同拥有青春，为何不快乐一些呢？忧愁、不快早已抛到了脑后，让我们尽情地舒展着即将高飞的翅膀吧！

鲜花怒放，是张张表情各异的脸。看那个正在哭泣的女孩，是“猪”还有“小叭狗”胖胖的脸蛋儿，尤其是那可爱的翘鼻子，也在尽力地抹着眼泪。哈哈，还有那个也抹着眼睛的大男生是小朱，心可好了，还有“老虎”正咧着嘴傻笑，真难看，跟哭似的。瞧人家“常乐”笑得多有水平，嘴咧到了耳朵边，小眼眯成了一条缝，还有……

啊！我的亲爱的伙伴们，在这即将离别的日子，在我们都要各奔东西的时刻，我的脆弱和感情像倾泄的洪水，一发不可收拾，泪如泉涌，大家在离别的日子抱头痛哭。不知是哪个调皮的男生，说了一句“别哭了，再哭就可以洗澡了。”才使我们破涕为笑。回忆往昔，几多欢喜几多忧。

举步，回首；再举步，再回首。母校的楼房在眼前耸立，诉说着过去。在这里，我度过了我的花季，我的雨季，这里是我步向明天的摇篮，这里是我理想的出发点，我的梦在这里发芽，我的心在这里长大。我就要离开这里了，让我再看一眼吧！我要把她深深地印在脑海里，深深地埋在心底。

再见了！老师，再见了！同学，扬起我们的风帆，奔向各自不同的港湾。出发！

举步，回首；再举步，再回首。不能再犹豫，不能再逗留，天下没有不散的宴席，走吧，从此奔着各自的目标走吧，过去的永远过去，而新的一切即将开始。

“老 乐”

◎林 菁

责任是爱和道德的花束，把生活装点得五彩缤纷。

“老乐”是我们班的调皮鬼，又是我们班的热心人。灯不亮，不用喊，“老乐”就会纵身跳上桌子去鼓捣。门窗坏了，桌子坏了，第二天准会被修好，不用问——“老乐”干的。

“老乐”就坐在我前面。开学了，我被选为班长。“老乐”油腔滑调地说：“嘿！哥儿们，从今以后我们都成为女皇陛下的臣民了，而且她的眼睛还比我多两只呢！”说着还用手做两只眼镜的样子。“讨厌！”我心里暗暗诅咒。

有一天，我妈病了，爸爸又不在家，我急坏了，连上课都没精打采。“呀！女皇怎么啦？女皇有啥事，卑臣万死不辞。”看他那样子真是哭笑不得。后来，他知道我妈病了就来帮我做家务，给我讲笑话。猛然间我感到了我们之间的距离缩短了。

从此以后，接触多了，我对他也就见怪不怪了，倒觉得他爱说爱笑，有趣味。于是，送给他一个雅号“老乐”。

雷声隆隆，大雨倾盆。我忽然看到了一个瘦小的身影在大雨中晃动。走近一看，原来是“老乐”呀！他弯着腰，卷起裤脚，一只手在水中摸索着，全身都湿了。“‘老乐’，你在这儿干啥呀？”我笑着说，“是不是丢了什么宝贝了？”“我想弄通地下水道。”他头也不抬，依然不停地摸着。我听了急忙说：“我们一起合作好吗？”他俏皮地说：“你帮我撑伞，我干活，这不就是合作了吗？”

“摸到了吗？”

“Yes，Madame！（是的，小姐）”

水道通畅了，他脸上露出了笑容。

“老乐”就是乐，可牛脾气特倔。由于他经常和我在一起，别的同学总是指着我俩说：“真是一对儿。”弄得我见到他也不敢打招呼，但他倔犟地说：“我就不信男女之间不能建立纯洁的友情。”他用他的实际行动向大家表明男女之间是有纯洁的友情的。

“老乐”有一股男子汉的气魄，但他也有害羞的时候。

有一天下午，全体团员和申请入团的同学留下来打扫教室。几乎全班的同学都留下来了，大家都积极地干活。忽然，我看到“老乐”站在教室外的拐角处，还不时地探头望望。奇怪，今天他怎么啦？他看到我不好意思地低下头。我故意大声地说：“怪不得看不到你的影，原来是你在这里偷闲。”他脸红了：“这个……这个……我不够格……还没申请。”“不，谁都有资格，只要努力。”“老乐”听到我这么一说郑重地点点头：“Yes！(是的)”

这个“老乐”呀，有时让你生气，有时又让你高兴，但他不虚假，他淳朴真诚！

同桌的你

◎ 陈 沫

大概是一种惩罚吧，上天让我一直挨着你，桌椅调来换去，而我的同桌却总是你，于是，我的高中生活便有了一番不同的遭遇。

知道吗？你的嗓门真的很大。上课，你伸得挺挺的腿抵着讲台，身体被紧紧夹在桌椅的缝隙里，耳际还插着一枝笔，最爱用那很大、很大的嗓门去继续老师的话题。每每我的思绪飘出课堂，最后都是你那过人的嗓音将我的心脏吓得乱颤一气，不得不转回神来抚平受过惊吓的情绪。我不知道你哪里来的那么多似乎很傻气的幽默，反正你传遍教室的傻言傻语，总是能换来满屋子纵情的大笑，老师——即使是长着一副“扑克牌相”的硬派老师，也是表情肌一紧堆出满脸的笑来。尽管因离你距离太近，耳膜常不能正常运作，但是你的大嗓门真的叫我们过得很开心、很纵情，枯燥的知识活了起来，心也活了起来！

你总是不客气地用我们周围人的东西，用了修正液，用荧光笔，你说："你的就是我的，我的还是我的！"我们哭笑不得，但我知道，你并不是一个自私自利只求索取的人，我保证。我没有带书，你总会把腰弓成虾米，身子探出来好长，让我与你共看一本书，一堂课下来，你的腰不酸吗？微微侧身的我可觉得腰上的筋要断开了。理科成绩很烂的我遇到不会写的题，你划烂了草稿纸想通了，总爱兴奋地讲给我听，而后得意地大夸自己，我当是伸张正义地驳你几句，但你那么尽心地帮我，你爱吹破几张牛皮，就让你吹破几张牛皮好了，我不会再让你口上服输心有不甘地捶桌子揪头发折磨自己。不错的，嘴上顽劣的你其实胸中有颗好心。

你想得到吗？你的同桌我觉得你是个怪人。分明要考外语了，你却捧本化学背来背去，你很有把握了吗？不，我知道你根本没有复习，因为分数——你本子上的得分已经表明得很清楚了。下课，用手扒了半天短毛的你顶着"毛栗子发型"居然问我："你看我的头发还乱不乱？"你郑重的样子叫我不忍捉弄你又很想很想捉弄你。你有时候很多舌，又有时候不言不语，有时候很凶，还有时候像个受了委屈的小弟弟——把书包往我脚下一丢，随即迁移过来和我挨近，不敢搬回去，好像那一边有什么人叫你饱受委屈。

同桌的你，尽管没大没小，胡说八道，还严重自大，但我还是喜欢与你做"邻居"，因为你把生活调剂得很有趣。

陌生人

陈佳霖

走廊的另一头分明是海诺，走廊的这一头的确是真实的我。两个人在空无一人的走廊擦肩而过，淡淡的一丝笑容颇让人感到是一个写字楼里的白领在不知对方姓名，不曾了解情况下的无声问好。

早已经习惯了海诺的目中无人，早已经适应了自己的傲气相争。在高考时节，这样也许是明智的。我们没有时间去享受生活，更没有机会去逃避现实，我相信自己的自制力，与两年前都能抵挡住的诱惑相比，这算不了什么。但是，我怀念两年前，两年前的海诺是如此的天真，两年前的我是如此的洒脱。可能是花季时内心无法压抑的冲动。当一个女孩在自以为成熟的年龄向我表白，未经风雨的我却也不能表现出一种成熟的心理。

那晚，海诺伤心地哭了，揪心的哭声确实带走了我所不需要的眷恋与缠绵，但它也同时带走了真挚的友谊，拆散了心与心之间架起的桥梁。我不知道自己的回绝是对还是错，16岁的我无法勇敢地去面对她而高挂免战牌。我曾经扪心自问："我懦弱吗？我胆怯吗？"但我又一次一次地回答："不！我理智，我坚强，我不屈服于情感的束缚。"

坐在空无一人的平台上，体味着风给予的美妙感受……

突然间，喧闹的操场融进一个我所熟悉却又陌生的人。棕红色的头发在阳光的映衬下显得格外引人注目，这已经不能使我感到惊讶与茫然，一身所谓的休闲装，酷似中国男模胡兵，高高的个儿在人海中显得鹤立鸡群。说句实话，明皓的自然感觉真是不错。对于考大学，他又似乎如此轻松，现在，每当我站在他的身边，总觉得一种陌生的恐惧。他是与我称兄道弟的明皓吗？以前的理科王牌现在连考个及格都很困难。这是明皓吗？七年前，当我们刚刚踏入这个校园，明皓的平头，大眼镜，蓝线裤，一张虎虎有生气却又稚气未脱的脸仍记忆犹新，我俩玩耍嬉戏的情景仍历历在目。可现在，我们很少有机会去交流与沟通。我有满腹的话想对过去的明皓去倾吐，他却是没有闲功夫听我说这些的。

回家的路上，夕阳的余晖像一条大大的、薄薄的微黄色的地毯铺满了大街小巷，但是，我却似乎不属于这幅《夕阳余晖图》。今天，也许是我18年来最不快乐的一天。我渴望生日的祝福，渴望掌声与喝彩，可今天什么也没有。余晖隐没后，只有这凄凉的风和隐藏于夕阳之后的南国冬雨。

但是，不久雨就停了……

“67072。”

“先生，67072 关机了。”

寻呼台小姐的回答证明明皓不想有人来打扰他宝贵的娱乐时间，他一定踏着风火轮驰骋在滚轴溜冰场上。

……

如果说我对海诺的陌生，是由于朦胧的依恋所导致的友情危机，那么对白萧的陌生则是由于短时间不可弥补的差距，是由于她表现出的平淡与坦然。当莘莘学子在汪洋中争抢救生船的时候，我们的白萧却已经早早登上了心驰神往的绿洲。交大的书香定会滋润她，使之羽翼更为丰满。我衷心地祝福我的朋友白萧，然而她平静异常。没有了少女兴奋时的手舞足蹈，没有了我想象中的那般疯狂。

“喂，白萧，你怎么了？”电话一头的我好奇万分。

“谢谢你的祝贺。”这是她的回答。

放下电话，我凝视窗外许久，黑暗笼罩的工地像旷野一样显得威严，又像茫茫的沙漠，让我在陌生的环境中拥有干涸……

呼呼的北风伴着漆黑的夜，我问苍天。海诺，明皓，白萧和我，曾几何时，我们像帆与橹一样地维系，共同分享快乐，共同分担忧愁。而现在每个人似乎都有自己的游戏规则，在游戏之后脱胎换骨。只有我一无所有，在无边的题海中遨游，在空虚与迷惘之中等待第二天的黎明。

真希望这是一场梦。梦醒时分，我能再次拥有……

信任?!

◎ 黄文倩

回到家中，已经疲惫不堪了。我甩下肩头的书包，倒在小床上望着天花板出神。我口渴极了，全身的骨头像散了架似的。这时，妈妈端来一杯凉水给我：“怎么啦？”“没什么，只是有些累而已，别担心。”我喝了口水，重新打起了精神。

玩够了，我把书搬到书桌上。书桌已比昨晚上整洁多了，显然妈妈已经帮我清理过了。桌子正中，还摊着一个本子。我凑近一看，吃了一惊：“我的日记怎么是翻开的？”下意识地，我看了看妈妈：她正在厨房忙着，不时传来锅碗的碰撞声。

我坐了下来，细细地想：“昨晚我没关日记吗？不记得了，桌上乱七八糟的，也没注意。难道是妈妈翻开的？莫非……”我越想越恼火，可心中另一个声音对我说：“不可能的，你应该学会信任。”正在我犹豫不决是否该问清楚时，一个念头从脑际闪过——

夜深了，我将日记本摊开放在乱糟糟书桌上，在两页纸的背面贴上了透明胶，只要一翻动，或多或少都会把纸撕破。试了试，不错。这才熄灯上了床。

第二日，我回家有些晚，妈妈问我去哪儿了，我出奇的冷淡：“没去哪儿。”仿佛已经认定妈妈看了我的日记似的。我的心在颤动，我的头脑乱极了，我猜测着结果。

结果，什么也没有。桌子仍旧整洁了许多，而日记本仍旧摊开着，没有一丝破损，胶也粘得牢牢的，以至于我扯下时撕破了本子。我的手不停地颤抖着，我后悔了。刹时，我觉得自己好愚蠢，好傻！我竟因为摊开的日记本而怀疑妈妈——陪我走过风风雨雨的最亲的人。

又是一个深夜，我依偎在妈妈的怀中。许久的犹豫之后，我终于鼓起勇气问道：“妈妈，你为什么不看也不动我摊开的日记本呢？”妈妈一时没反应过来，愣了一会儿，说：“我不看是因为我相信你，我不动不收拾是因为怕你误会。”妈妈如此信任我。我又陷入了自责之中，深深的内疚让我的心不断地抽搐：如果妈妈知道了真相，她会多么伤心失望啊！

“我相信你，妈妈。”

“我也绝对相信你。你不小了，会自持，我又何苦去挖出你心中那些怕我难过而深藏的过失呢？”

这一切，写在了纸上。也写入了我的心海深处，连同那两行深邃的诗句：

“我面对太阳而立，

是怕你看到我身后的阴影伤悲。”

班草其人

◎ 韩　芳

班里的漂亮女孩可以叫班花，笨拙男生就应该叫班草。高中班的班草是在军训时脱颖而出的。全班同学随着指导员的口令哗啦啦地转动，偏偏他来唱对台戏。每每把身边的同学撞得人仰马翻。开始指导员还以为他是故意捣蛋，专门指定一个小战士与他单挑。不出半日，后者就狼狈败下阵来，原来这小子天生动作不协调。于是整整一个礼拜，我们顶着毒日头水深火热，他反而与老师为伍站在树荫下袖手旁观，只因怕他“坏了一锅汤”。

班草小脑不行，大脑挺灵。数学、外语两门主课他以全年级第一的成绩考入我们的这所重点，刚开学就听说两位任课老师急着要他当课代表，不过英语老师很快主动弃权。第一堂课，班草被叫起来领读课文，本是有心培养，岂料不听不知道，一听吓一跳，他尊口一开，师长几乎落荒而逃，原来他说话结巴。于是他顺理成章当上数学课代表。

班草就是那么“实而无华”，明明满腹锦绣，偏生聪明肚肠笨面孔，加之打起球来动作走样，讲起话来舌头打结，在男女中均无市场，真成为一株无人关心的小草。其实班草很想与我们团结友爱。一次课间，他热情洋溢地要教同桌一道题，可比划了半天一直到下一堂课铃声打响，他兀自“方程两个根、根、根……”把听者恨得牙根痒痒。从此他再不敢这样子助人为乐。

班草在自己的一平方米领地静静听讲，默默做题，大家笑时他也笑，只是他从不与我们一起胡闹。然而班草在我们眼里头实是个宝料，任考试如麻，他稳居三甲，以致博得赞誉：“吃的是青菜，挤出来的是奶。”印象中，班草一年到头一件旧茄克，一条工装裤，原以为这是“书虫”的呆气，直到有一天从班主任口中得知他竟是特困生。班草的高度近视就不是看书看出来的，而是天生眼疾。因为用眼过度，眼病突然加重，他骑车回家时目中无“石”，跌了个大跟头。养了两天，班草躺不住了，高三了，一寸光阴一寸金。看到班草顶着个大肿包出现在教室门口，大家一反常态，主动与他勾肩搭背打招呼。据说，有若干女生还是头一次与他说话。以后的日子里，班草头上的包小下去了，嘴里的话多起来。再以后，大家齐心协力挥汗如雨应付高考，班草终于如愿以偿上了第一志愿。

三年里，班草没干过一件感天动地的事。假如班草真是一棵小草，必是足以令人领略到自然静美的普通一草。

蝶 祭

◎ 卢华萍

那天我捉到了一只轻盈美丽的蝴蝶，用一只晶莹的玻璃罩把它扣在桌上，以为这样既可以让我静静地欣赏，又可以让它依旧看得见外面的世界。

蝴蝶不懂得是玻璃，它像往常那样飞，却被狠狠地撞了一下。玻璃是硬的，它不知道它只是努力地飞，惦念着那丛新绽的白牡丹。可是，它失望了。

我生了怜悯之情，怕折了那娇艳艳的翅膀。可是舍不得放走它，只好把希望寄托在它的适应能力上。

这一夜，如往常一样酣然有梦。

次日醒来，满窗的阳光，天晴。这一宿，蝴蝶可无恙？

残骸！

我颤颤地移开玻璃罩，拾起一片折断的蝶翅，放在掌心里，看着它，哭了。

我一宿梦美，它却在我设下的玻璃罩里做生命的抗争，只为了那丛白牡丹。

我无意残忍哦！

想起了昨天下午我实习班上的一位学生，她把热乎乎的小嘴凑到了我耳边，小声地说："新老师，待会儿我妈妈来接我的时候，你能不能对她说你要留下我来做作业？"我说："可是，我没想留下你来呀。"她垂下眼皮，有点委屈地说："今天下午，妈妈又要带我去学钢琴了。可是，我真想跟冬冬他们玩一会儿。"一会儿，就玩一会儿，这是一个小女孩最奢侈的愿望！我心一酸。她妈妈来接她的时候，她看着我，眼里含着乞求和信任。可是，我最终没有开口。老师怎能在学生面前撒谎呢？而且，这个年龄学钢琴，真的很不错。

我理所当然地保持了我诚实的师表，可是小女孩呢？她不喜欢学钢琴，因为学钢琴夺去了她应该享有的童年的情趣。可是她拗不过她的妈妈，只好无奈地坐在琴凳上，机械地在冰冷的琴键上练习指法。想像着伙伴们在小巷里玩着"过家家"的游戏，心里泪痕斑斑。

学钢琴真好，我甚至羡慕小女孩比我小时候幸运多了。小女孩的爸妈也许并不富有，但因为深爱着小女孩，所以节衣缩食让她去学钢琴，他们梦想着女儿因此而有出息。

可是，父母的热望和深爱无意间成了一个精美的玻璃罩，隔离了女孩应有的东西。小女孩的童年就在眼前，却隔了一层坚硬的玻璃，触摸不得。

小女孩不懂得这层玻璃，她本能地做着反抗，去追寻她应该拥有的。可是，玻璃是硬的，她撞不破。一次又一次，终于，折了娇嫩的翅膀，从此不再会飞。

她的妈妈也无意残忍哦！

拾起桌上的蝶骸，打开窗，洒在早晨的阳光里。

窗下，是一丛牡丹。

我是一个笨女孩

庞婕蕾

我还活着

我曾问过许多人，怎么个死法会比较轻松一点。上吊，我一向是不主张的，勒着脖子太难受，一时半会儿还死不了，成功率比较低。安眠药是个好东西，在不知不觉中就从这个世界到了另一个世界，不用护照签证，挺方便。问题是从哪儿能搞到安眠药？还是行不通。割脉，我是下不了手的，我晕血，而且我怕疼。跳楼的话也不成，路上有那么多行人，给他们看见了，挺难堪的，而且要是死不了，摔个瘫痪什么的，不划算。触电倒是速战速决，不过我听人说，死了会很难看的。我已经够丑的了，再丑下去，也对不住大家了，况且，家里有漏电保护器。

我想到了一个比较简单的方法。从家里走出，步行十五分钟左右，来到长江边，纵身一跃，让不及格的试卷与我一同消失在滔滔江水中。但是，岸边的护栏网做得很好，根本就不可能跃过去，所以，我没死，我还活着。我往回走，突然想去撞一辆车，一了百了，可又不想连累无辜的司机，他肯定得赔上好多钱，其实，那不是他的错，我无法伤害善良的人们。

很高兴，我感冒了，头痛得厉害，我躺在床边想看会儿书，但不多久就睡着了。我想，也许我是在走向死亡，因为我看见了逝去的祖母在向我招手，说是给我钱买糖吃。当我正向她走去时，妈妈把我叫醒了，让我吃康泰克，还逼我喝下一碗白开水，再帮我盖好被，说是出一身汗就会好的。

怎么会好呢？如果一个病人没有求生的欲望，那么再高明的医生也无法把他从死亡的边缘拉回来。虽然感冒比较难受，但总比没完没了的考试要好承受得多。

泰诺、康泰克已吃了不少，可感冒还是不见好转，妈妈说我抗药性太强了。这样也好，我可以顺顺利利去见马克思了，一定得问他好多事情。没想到，一个星期之后，我的感冒居然好了，妈妈很高兴，我却挺难过的。

一个人背运的时候，连想死都不能成为现实，太可悲了，只能怪自己运道不好。

我爱辉辉

他不叫辉辉，没关系，他就是我心里的辉辉，我就喜欢叫他辉辉，辉辉，辉辉，叫起来多好听。

我爱辉辉，不过他不知道，他怎么会知道呢？因为没告诉过他呀。我为什么不告诉他呢！因为我不敢啊。为什么不敢呢？因为我害羞啊。为什么害羞呢？因为我是女孩子啊。为什么是个女孩子呢？问我爸妈去。

辉辉人不高，穿着也极普通，算不上“帅哥”，不过，我就是喜欢他，喜欢一个人不该有太多理由的。

我认识辉辉是在选修课上，我们选修的是新闻采访与写作，听说他是被语文老师逼着来的。那时我可能是小有名气，老师让同学们问问我关于写作方面的问题。他就问我：“杨青青，写作对你而言算是什么东西？”写作是东西？居然有这种问法？我就说：“写作不是东西。”

上了几次课，觉得没劲，我就逃课了，也就见不到辉辉冥思苦想写作文的样子了。

辉辉是篮球队的替补，很少有机会上场，不过，每逢有篮球比赛我都会去看的。他在那儿捡捡球什么的，一旦有上场机会，他都拼得非常厉害，因为玲玲在那儿，玲玲是校电视台台长，据说也是我们高三年级四大美女之一，辉辉喜欢她，这谁都看得出。

上体育课的时候，我的排球滚到草坪上去了，辉辉在那儿和同学打羽毛球。他把球捡起来扔给我，我没接，于是球又滚了回去。

“杨青青，你……”辉辉有点火。

我没睬他，捡了球跑了。

我很高兴，我的名字他还记得。那又怎么样呢？他喜欢的是玲玲，玲玲对他也还算不错。

“辉辉，我爱你。”我在日记本里向辉辉倾诉。

辉辉，辉辉，有时脑子里尽是辉辉的影子。

杨青青，你好不要脸，我骂自己。

爱情也许就是这样没缘由，爱情也许真会让女人犯贱（我习惯于把自己称为女人），单恋更是没头没脑，单恋更是让人犯傻。

男生爱女生，没羞。

女生爱男生，羞羞羞。

“杨青青，我好喜欢你。”我梦见辉辉向我宣布。

第二天早晨，我看见玲玲坐在辉辉的自行车后座上。

中秋之夜

汤文怡

李白有诗云：“床前明月光，疑是地上霜。举头望明月，低头思故乡。”我真是羡慕李白！他真是空闲得很！那么晚了，他还睡不着。要换了我，倒头就睡，白天脑细胞不知死去多少，再美的月光也不能让我放弃睡眠！

一本砖头似的书，压在我的手底，我的手丝毫也不放松。

电视台正在播放联欢会吧！哪些歌星会出来唱歌？听说张宇好像要唱的！唉，看不到了。

“以A极为零电势……，E点到D点，好像是做正功……”“要求异面直线所成角的大小……”

我抬起头，环视四周。我的前面是一位斑斑白发的高三男生，据说这叫“少白头”。等我到高三的时候，该不会也像他那样吧？要那样，我可没脸见人了。

唉……

“铃——”啊，下课了！我收拾书本，带着逃亡的心情离开了阅览室。

经历灾害

李克峰

人们一提到灾害，往往会想到水灾、火灾等等。但对于学生们来说却有着更可怕的灾害，那就是“考试灾”和“作业灾”。

“考试灾”和“作业灾”并不像水灾、火灾那样会造成很大的经济损失，但却把学生们折腾得找不着北，其中尤以高三为特重灾区。

每天早上，我们都要来个“开胃小测验”，测数学或外语。当然这个小测验相对于后面的“大菜”来说也顶多是道“开胃点”。上课铃一响，小卷子收上去，外语老师从容走入教室，把书一放，开始讲课。课程讲完，当堂发下大卷两张，测验开始了。同学们对这种测验已经麻木了，谁也不说什么，拿笔就做，做完就交。就这样，序曲结束了。

说外语是“序曲”，因为外语的“灾害”程度实在算不了什么。接下来，才真正体会到“灾害”的可怕。物理老师进来了，不容分说，先发卷子六张：“这些卷子下礼拜一之前必须做完。下礼拜三我们测验。”要说物理老师的办事效率在我们班是有很高评价的，她通知完后，不等大家有所反应，直接进入正课，一句废话都没有，大家根本来不及抱怨。

终于到了最可怕的化学课——“灾害”顶点。化学老师一向以作业第一和考试第一闻名全年级，使所有同学闻风丧胆，其他各科的老师无法望其项背。只见他晃着胖胖的身子，眨巴着一双小眼睛，扛着比别的老师多三四倍的“行李”，一步三晃地踱上讲台：“这几份卷子——哎，安静一下，不要作出那种痛苦的表情——卷子礼拜五前做完，另外给大家介绍一本练习册……”一节课过得很快，但铃声只意味着正课的结束，他后面要说的还多着呢：“今天就上到这儿，大家先不要起立，我说一下作业：除了那几张卷子，西城练习册做到……东城的……海淀的……还有蓝皮的那本做到……灰皮的……另外，能力训练……试卷全订本……最后我再通知一下：下礼拜二验收、礼拜四单元测验、礼拜五再做个练习……”

一天下来，同学们早已焦头烂额了，但“灾难”并未结束，“尾声”上演了：数学老师在门口探出脑袋：“喂，去我那儿取一下卷子，明天交！”

可怕的一天过去了，但“作业灾”和“考试灾”并没有画上句号，对我们来说它至少还要闹一年，“经历灾害”的“经历”也还是“进行时”。

唉！这“灾害”何时是个头儿呢？

物理弱智

孙 晨

我是个物理弱智。

临班的小明跑来问我物理考多少分，我环顾四周，确定没有人注意后，压低声音说："XXX……"我看到她的嘴唇和眼皮忽地拉大了距离，一副看到了非洲野驴的样子。她连忙伸出右臂，搂住我的肩膀，用手拍拍我的头，说："没关系的……"像拍着一个弱智。当然没关系，我想，反正我是物理弱智嘛。

我游荡于校园内，先后碰到了小朗、小缺、小红、小刚、小立和大刘，并且欣赏了他们圆睁的眼睛和呈"0"形的嘴。我看够了，于是转身，回去。

回到教室，走近我的位子。坐在前面的兄弟用手支着头。我没趣儿地走过去："怎么了？"当我看到他脸上从不曾出现过的痛苦表情时，我意识到自己不该问——这是显然的。他说，他妈妈哭了，当他告诉她他的物理分数后，她沉默着，一个劲儿地吃瓜子。他比我高4分。于是，在这个晚上，我没有回家，也没有像往常一样给家里去电话。我不是怕妈妈哭，我怕我哭。

我用智障的脑袋去想，一粒屎坏了一锅汤——物理毁了我的青春。

听说我还在妈妈肚子里时，做B超发现我的后脑勺有个“凹”。我更加深信我是一个弱智了。

于是，我可以痴呆般地笑了，并满不在乎地宣扬着我的分数——像在说别人一样，以致别人听过后总不确定地问一句：“你说你自己呢？”

再后来，听说刘备的儿子的智商本来是“正常”的，可为了让他爸爸收买人心，牺牲了120点。我想：这也是一种奉献啊！

记得我对物理老师说：“我听不懂。”他说：“别人都听得懂，为什么你……”他是个好人，对“残疾人”工作很热心，又说：“不会的尽可以问我。”我感动着，但又加了一句让人心寒的话：“我都不知道从哪儿问起。实际上……我都不会。”于是，他哑然，无奈，转身，离开。

弱智的嘴里吐不出象牙来。

人们一定不相信，每个晚上，物理弱智都在宿舍昏暗的手电光下学着物理。

于是，我做了一个关于匀强电场和电源电动势的梦。

心愿

◎亭 亭

教室的后门又轻轻地开了，一位同学从她身边过去，走出教室。她真羡慕那些同学：每次考试之后，老师就找他们去谈话。到了初三，老师已没有心思放在像她这样的学生身上，这真使她很孤独，也很沮丧。自己平时很刻苦，可就是学不上去；可她还是希望老师有一天能给她面授机宜，使自己愚顽的脑袋开窍。

有一次，她去办公室想请老师帮助自己分析分析学习现状。老师正和两位同学谈笑风生。只见那位同学眉舒颜开，一脸的自信。她悄悄地立在一旁，老师似乎看到了她。

一会儿，上课铃响了，她揣着未了的心愿直奔教室。一路上，心里特难过。来到班级，她觉得同学们都用鄙夷的目光看着自己。她这时的心愿，不是希望老师给她点石成金之法，而是真想地上有个洞，能让自己一头钻下去。

她用书遮着脸，悄悄地哭了。哭得很伤心，哭得思维有些乱。她希望老师给自己一块手帕，然后温和地对自己说一句：快把眼泪擦干，扬起风帆搏一搏。忽然间，又埋怨起父母，为什么不赐给我一颗聪明的脑袋，也让老师、同学都来注视我。

又一个晚自习，她正在看那一道道深奥的题目。忽然，她的余光里出现一个影子，正向她走来，她把眼睛悄悄地斜了斜，是老师！她的心怦怦直跳：老师找我谈话了，老师找我谈话了！果然，老师走到最后一排，在她身边停住了。然后轻轻地敲敲她面前正在看的书。她忽然从坐位上弹了起来。老师一惊，然后示意她坐下，又敲敲她旁边的位置说："XX 怎么没来上课？"啊！老师原来不是找自己的。她顿时要晕过去了，又羞又恼的泪水唰唰地往肚里流：什么时候您能留心一下像我这样的学生，天啊！

偏差

张 华

不知道你有没有发现，儿时的好友，别后多年，今天重逢，他已不是当年调皮的他了，或深沉、或古怪、或呆木，他的心理似乎发生了偏差，这又似乎成了当今学子的通病。

如果说 16 岁是花季，17 岁是雨季，那么 18 岁是雾季。

“雾里看花，终隔一层。”正如我们即使戴了隐形眼镜，仍然看不懂这熙熙攘攘、红红火火的学林，对于千军万马过独木桥的未来一筹莫展。于是乎，在“考什么学什么，不考不学”的应试教育下，在“使多少学子‘拜倒’”的高考下，不断地模制出一个个、形形色色、奇奇怪怪的人来。

“特‘困’族”的悲哀

记忆犹深的是高二的一堂语文课上，语文老师在上面手舞足蹈地讲着《梦游天姥吟留别》，力图让我们不仅在听觉，而且在视觉上得到教益。可是令他伤心的是：伟早已梦游到天姥去了。于是，老师有意无意地走到他的身边，用手轻轻地拍了一下他，没有反应，又拍了一下仍旧没有反应，这一看不得了，他后来说，他以为看到了谢公，还纳闷这个谢公这么眼熟。伟知道大事不好，“走为上计”也无济于事，唯一一计，就是第三十七计：自己请罪。于是，他1米8的个头，像根蜡烛似的插在那里。下课后，他主动与老师“谈谈”，不过没一会儿便满面红光地回来了。问他又用了哪种好计策，他轻描淡写地答曰：“实话实说。”他只不过报上了补课、做作业花费的时间，老师就用怜悯的目光看着他了。

伟不是一个特例，因为我们每个人的口头禅都变成了：好困哦！我还特地计算过玲的作息时间，全部学习时间共计99h10m，而一星期时间才168h如此这般，剩余的70h即平均每日10h要用于吃、喝、穿、上学路途及休息等等，真正的睡眠时间可怜得仅有6h。

真不知道开创私人学府第一人——孔老夫子作何感想，作为国家教育部部长陈至立是否会忧心忡忡。我只知道，我们的师长、父母会先叹口气，又说：孰不可忍还得忍。

呜呼！我们当定特“困”一族了。

倔脾气女孩

邻家有个文文静静的女孩，家庭挺富裕，绝对是个养尊处优的千金小姐。只是父母对她的学习极苛刻。小时候，她很胆小，每次考砸了总是先自己闭门思过，没命地在小书桌上啃啊啃，待到父母“谆谆教诲”响起时，她就在一旁呜呜地哭，像琼瑶小说里为了爱情那么伤心地哭，弄得自己既狼狈又楚楚可怜，可是这一招每次招来的都是“丰富而有意义”的假期。

某一天，女孩长大了，高三了，有了自己的思维，尽管眼睛仍是肿肿的，内心却有一把辣旺的火，冷不防会爆发出来。

现在的女孩，没等父母唠叨几句，就从嘴里射出一连串炮弹似的嚎叫反讥，再挨下来就是冷战，她可以一星期不与父母说话。一次，她心里憋得慌，用手死命地敲家门，结果震动了全大楼，邻居们都不敢相信，她还是不是那个可人的女孩？

女孩再不愿小鸟依人地在父母的庇护下拍两下翅膀，她需要高天和阔海，仅此而已。

女孩说：“她受不了父母对她的好，更受不了父母对她的苛求。”

其实，女孩很聪明。她能一字不差地哼唱只听一遍的歌曲。其实，女孩很温柔。她与理解她的人在一起，总是甜甜地笑。其实，女孩很爱她的父母。她清楚地记得他们的生日。

多可爱的女孩，她的倔脾气绝非顽症，只需多一份理解，多一份关爱。

害羞的男孩

坐在墙角落的那个男孩，高高的个、清秀的脸庞。听说他初中的时候是学校的文艺骨干，到了高中，为了一门心思地学习，什么都不干，他有个宏伟的目标，那就是上海交大。至于他到底长得什么样子，我始终不清楚，因为他总把头压得低低的，读书的样子真的好勤奋，好刻苦。

他不常与人交往。原先一个人坐，后来有了个同桌，也只是偶尔才说一两句话，那个做了他一年多的同桌至今连他的基本事宜都不知道。在班里，他没有朋友，他对我们每个人都是空白。

他属于自己读书的那一类，刚开学的一次考试考得很不错，让全班惊诧，还有些人专门向他取经。问的问题是：一天不说话就能考好吗?之后，他就在众目睽睽之下依旧做他的书虫，每个高手都在摩拳擦掌要与他过招。渐渐地，他的成绩一次比一次坏，终于落到下游去了；渐渐地，他一天比一天消沉，没了以前的男孩风度。

他上课从不举手，一旦被叫到回答问题，脸会涨红，声音轻轻的，手好像也在发抖。有一次，他忘了带书，事先不去向别班的借，同桌也不知道，正巧被提问，站起身来失措得手不知往何处放，牙齿咬着嘴唇，半晌不出声，引得我们都回头去看，他更不自在了，可仍没有一句话。

这样一个男孩，或许在许多人的脑海中只是一个影子，过眼云烟而已，太平凡、太不引人注意是男孩的悲剧。

有些女孩、男孩独树一帜，引起人们的好奇，但是更多的是反感，他们常常被一群女孩、男孩耻笑、诽谤，而耻笑别人的这一群体其实也是可怜虫。这是每个人为摆脱困惑的不同表现：一种不显山露水；另一种标新立异。其实，我们都在人生的轨道上产生了偏差。

但愿我们是本世纪最后一批为书困扰的学子。

寻找快乐的猪

◎周 麟

收到她第一封信的那天我感觉怪怪的，便如那乍寒还暖的天气，说不清是喜是忧。尽管我只是一个平凡的初三学生，我还是收下了那封不平凡的来信。

很奇特的一封信，全篇只有一句话："我是个寻找快乐的女孩，只想在茫茫人海中找回失去的快乐——或捡到一个精神垃圾桶。"署名"伊人"。并没有留下具体的通迅地址，唯一可与之联系的只有信封上"上海中学高三"几个字。我猜想她一定是一个不会写信的人，但我乐意当一个垃圾桶，——处于青春期的男孩总是好奇的。

于是我回了她第一封信，以一种更奇的方式：

秋水伊人（我喜欢这么称呼）：

祝 快乐

爱钻垃圾桶的猪

我喜欢称自己为猪，用母亲的话说我除了相貌遗传她外其余都与猪一模一样。而如今我不得不放弃一下猪的立场，埋头钻回我堆满书的写字台——“现在你初三啦，猪！”我自己对自己说。

经过一个月的等待后我收到了她的回信，是写在作业本上撕下的。信中说她没料到真会有人给她回信，而且是个自称为猪的怪人。她说她也喜欢猪，但仅仅因为羡慕它的懒散，难得遇到一位知音，令她感到淋漓尽致的痛快，末了她附上了不知哪本书上关于猪的“名言”：“千万别跟猪打架，你只会弄得一身脏，而且让猪很快乐。”

我感到前所未有的乐趣，立刻想动笔再给她写上几句，所谈的便是她所追寻的快乐吧！

秋水伊人：

我突然想到了快乐。当黑夜降临或黎明即至时分最让人感到压抑，而唯一能给人以欣慰的或许只剩下淡漠中的快乐了。无论是曾经拥有、正在享受或即将获得，都能使人从空旷寂寞中寻得一些活下去的理由。

我想世上大约只有两种快乐吧，正如世上仅存两种人——无知者和有知者。无知者拥有他的快乐，似乎是长久的快乐，这正是因为无知者易于满足；如同苏格拉底所谓快乐的猪。然而这种人实在太易于满足，无知使他们厌于进步去探索更新的快乐，于是他们便在快乐中渐渐麻痹，直到消失。而有知者在拥有快乐的同时也接受了痛苦，而且苦楚的程度也远胜于他的快乐。正因为他的有知使他不安于现状，他的期盼距离现实实在太远使他不得不倾其所有去建造他梦中的理想国。于是他必须坦然面对必然的痛苦，而所追求的太完美使他尚未得到他所应得的快乐，就罹难于异常的痛苦，终造就了最灿烂的里程。

不知你是否了解你所寻找的快乐?我在寻找后者，却又畏惧痛苦，却不知已招致了痛苦。

最后，祝　快乐

不快乐的猪

直到元旦，我才寄去一张贺卡，只写了几个字：

祝在新的一年里，找到快乐!

好久，我也收到贺卡，就是我寄的那张，信封上敲着“查无此人”的印。

这天晚上，望着写字台上堆砌的参考书和已破损的台灯，我静不下心来做习题。我隐隐觉得似乎被骗了，被自己给骗了。

有知的人总是爱骗人的，在他没有能力骗得别人对自己认同之前，他只能自己欺骗自己，直到他对自己的谎言深信不疑。

“我对自己撒了谎!”我大声对自己说：“这世界根本没有快乐，所谓快乐只不过是对痛苦的一种麻痹而已！可我们为什么就爱沉浸于这种暂时的安逸中呢!”

久违的冬天，下雪了。我挤上了一辆塞满人的公交车，驶向我的高中。耳边满是喧闹。

我又想起了伊人。

请换个角度看高考

◎ 徐雁斐

近年来，我们一直听到这样一种呼声：“我国的教育制度不合理，高考太残酷，给学生压力太大，要改革。”朋友，你是否也赞同这种观点？高考制度至少在短期内还不可能取消，你是否为此感到无奈，不快？如果是肯定的话，我要说：你为何不换个角度看高考呢？

不要以为繁重的学业是剥夺我们的欢笑与活力，其实这是对我们的磨炼。不能忍受十年寒窗苦，怎能笑对以后搞科研、创事业中的困难与艰辛？

不要以为高考的压力太重，重得让学生不能承受。毕竟，我们现在面对的还仅仅是高考，即使失败，也还有亲人的爱在支撑着我们，也还有大段的青春供我们去拼去搏。如果连这点压力都承受不起，今后又怎能承受来自社会、工作、生活乃至家庭等方方面面的压力？

不要因为看到一些高考失利的学生轻易结束自己年轻生命的愚蠢行为而斥责高考太残酷。反过来想想，即使给这些学生上大学的机会，等他们工作后，一旦遇上挫折，以他们的这种心理承受能力，其结果可能也还是一样。

高考需要学生临场不慌，国家也需要在紧要关头能镇定自若的人；高考需要学生细心，国家也绝不敢将重任交给一个粗枝大叶的人；高考需要学生自信不犹豫，国家也需要面对重要决策能果断拍板而绝不迟疑的人才。如此看来，高考还是很能检测我们的综合素质的，高考仍是高校选拔人才的一种较合理的方法。

朋友，不管你是否赞同我的观点，不管你如何看待高考的压力，我只想说：合理的是一种训练，不合理的是一种磨炼。但对我们来说，无论是否合理，都是一种锻炼。

所以朋友，请换个角度看高考，看到它光亮的一面。那么，我们就能摆脱烦恼，以一种积极的心态去面对、迎接国家对我们的考核与挑选。

罪过

◎ 邵 炜

他一直在默默地祈祷。恳求上苍保佑他顺利地通过这次考试。他虔诚地闭着眼，合掌一遍遍地念叨那几句央求的话，宛若一个要上绞架的死囚期待有人来救他。

卷子发下来的时候，他的心一阵痉挛，心跳击打着胸腔。他自己也不明白究竟是怎么回事。经历了大小考试数百场，到了现在仅仅面对一次校内的期末考试，就紧张成这样，他觉得不可思议，他不禁暗骂自己，迫使大脑冷静下来。

他的眼睛停在几道题上，却无法从脑中提出它们的答案来。而大脑又明明白白地告诉他答案就在课桌里——那里静静地躺着他费尽苦心而记的笔记，它当初把它放在课桌里，难道就已经……

他没有动，右手紧紧握着笔杆，左手插在头发里，冥思苦想。他的思绪已经完全乱了。他仿佛又回到了从前：在小学、初中时，他的成绩始终站在年级前列。他意气风发，壮志飞扬。他常常自比“恰同学少年，风华正茂；书生意气，挥斥方遒。指点江山，激扬文字……”他是老师的宠儿、同学的领袖。谁都不怀疑他的聪明才智，他自己更是深信不疑……温习着这些，他的嘴角也露出一丝笑意。

但他很快又清醒过来。他看清楚手中的笔、面前的试卷，也看清楚自己的位置。他不想失去任何一方，他想作出一次成绩来证明自己。他在犹豫……

考入了这所令他魂牵梦萦的重点中学，他曾不止一次地幻想自己在其中自由遨游、任意挥洒，开创自己的天地。可如今他才明白这些美好的种种不过是空中楼阁，过去的所有也早已是昨日黄花。他现在不过是一个小卒，只能低头站在别人的阴影下。他怎么能接受这样的突变？他需要找回原来的位置……

现在是冬天，可他的额上已有了汗珠，笔杆子滑滑的拿捏不住。他在这一瞬间作出了决定。

“我是被逼的。”他把手伸进桌肚时这样想。他的手摸到了那冰凉的硬硬的封面，轻轻地翻开，他摩挲着同样冰凉的纸页，慢慢将它往外拉，慢慢地……看见了，看见了……

他看见，一只手伸在眼前，一个平静的声音响起：“拿出来。”他很自然地将本子往里一塞，突然明白过来是怎么一回事。他的头“轰”地一下，脑中一片空白，眼前一阵晕眩，血液也似乎停止了流动。他近乎乞求地望着监考老师，他乞求的是宽宏大量，饶过他一次吗？经验丰富的监考老师早已盯上了他，一会儿脸红、一会儿出汗，眼神飘忽，身体颤动——老师难道是瞎子，会视而不见？现在人赃俱获，赖也赖不掉。

他仍然如梦般地坐着，乞求地望着老师，老师仍然很平静，很柔和地重复说：“拿出来吧。”同学们都从卷子中抬起头来，脸上带着似笑非笑的神情，把目光射在他身上，这些目光……他低下头去。

在这一刻他忽然想起了他的父母。辛勤地忙碌于岗位和家的双亲，不止一次地为他担心为他难过。就在考前，他还抱住母亲向她保证，这次一定会考好……他的泪水一下子喷涌而出，流过脸颊，流进嘴里。他抽搐着将本子交给老师，绝望地闭上眼。他清楚地意识到自己犯下了不可挽回的罪过，昏昏沉沉中他感到自己跌入了一个无底的漆黑深渊，没有人来拯救他，他想叫喊却发不出声音，伸出手却什么也抓不住，他只能任凭自己不断地下沉，下沉，下沉……

向你敞开心扉

鲁作战

现在已是11点了。老师，你也该休息了吧。请原谅打扰您一下，听一下差生的心声吧！

先从排位来说吧！您排位是以分数为标准的：分数高的排在前面；分数低的排在后面。这也许是理所当然的事。老师，你排好位以后，你发觉了没有，这多么像封建社会的“金字塔”式的等级制度啊！成绩好的高高在上，成绩差的被压在塔底。悲观、忧愁、讥笑笼罩着我们，我们哪有心思去学习。您或许说，您有意用这种方法来激发我们学习的积极性。好糊涂的想法啊！我们周围差生一片，一个小小的问题就会被卡住。这样，积极性又从何调动呢？不过，我们的确努力了，就像登山者一样吃力地沿着这座“金字塔”向上爬，它是那样的陡，那样的险。爬呀爬，我们爬得好累呀！多么需要帮助啊！哪怕有一根拐杖也好啊！然而四处寂寥无声。最后，我们终于摔了下来，摔得好惨啊，好像从凌空的悬崖上摔到无底的深渊，摔得我们连呻吟一声都没有来得及，也许叫喊了几声，您没听见。

课堂上，提问的对象从来没有我们，那都是“塔尖顶”的人的“专利”，老师，每当您听着他们流利的回答，微笑时，您是否注意到后面的那几十张哭丧的脸？或许没看到，或许您的确看到了！那座次表上或许不应该列我们的名字，或许的确就没有。

我们的名字上覆盖着一层厚厚的冰，因为，这里气温严寒，“春风不度玉门关”啊；我们的名字上面压满了厚厚的尘土，因为，它一直被“束之高阁”，谁也不愿意去抹它；我们的名字都已发了霉，因为，它长期处于阴暗的角落，终日不见阳光，阳光也从未射过来！

晚自习辅导课，不，无论什么时候，我们后面都是荒凉的沙漠，即使是不毛的沙漠也有人涉足啊！对，不应该叫沙漠，应该叫：禁区。确切地应该是什么“军事重地”或者“核基地”。老师，您“安全”得很，您从来不越雷池半步。大概是孙悟空在我们周围用金箍棒划了一个深深的圈子吧！

我们当中的某一个偶尔来点“兴趣”，用期盼的目光望着您——他要问你一个问题，而您只是用目光扫了扫，大概没发现，于是，这个同学刚刚燃起的一星求知的火光，便被您若无其事的目光给浇灭了。

老师，我们这些差生，虽然成绩差，可是我们每一个人都有理想、信念、追求、爱憎。我们也都想学好，和那些成绩好的同学一样，我们也想考大学。但是，我们需要帮助、理解和尊重，特别是您的。更重要的是我们每一个人都有一颗很强的自尊心。“一个人可以被人爱也可以被人恨，但绝不能被人看不起。”我想，老师您一定也知道这句话吧！您就不能换个角度重新认识我们吗？

老师，我不仅向您敞开心扉，而且，我还要代表差生们，向全社会发出呼吁：把师爱平分给每一个学生吧！否则，教育事业将发展为畸形。

哦，不早了，老师，您也该休息了，现在我告诉您在我心灵深处的秘密：将来我也要当一名人民教师，我要用我这颗爱心去温暖每一个学生！

心之伤：老师撕开了那封信

◎ 刘轶人

4月10日晴

下午自习课上，班主任老师拿着两封信来到教室。她没有立刻交给谁，而是仔细地审视着，反复琢磨着，像是在研究密码。那目光似乎要穿透信封，窥视信中的内容。眉头紧蹙，那神情似乎面对的不是两封信，而是两枚炸弹。

终于，她走到我旁边一排的一个女同学桌边站定。“张艳，能让我看看这封信吗？”虽然是商量的口吻，但张艳知道，这是不可违抗的。但她毕竟不情愿呐，所以没有立刻应允。班主任老师既没有发火，也没有放弃的念头，“循循善诱”道：“老师这也是为你们好，是因为老师关心你们，爱护你们才这样做的。如果是外人，老师还不想费那份心呢……再说，对老师还有什么可保密的，老师是有权利了解你们的情况的……”

——还多少有点法制观念呢，知道不征得本人同意是不能擅自拆看别人的私信的。我心里带着明显的反感嘲讽道。张艳踌躇了一会儿，还是无奈地点了点头。老师像得胜的“掠夺者”一样撕开了那封信。我看到两滴委屈的泪珠从张艳的眼眶里涌出来，紧抿着的下嘴唇微微颤动着，眼睛紧盯着老师手里的信，我想，撕扯信封的声音带给她的一定是如撕扯她的心灵一样的痛苦。

老师拿着另一封向我走来，我意识到那封信可能是我的。也许是刚才那么一幕使我从心底产生的愤懑拧紧了我的眉头；也许老师注意到那眉头下是一双有着明显反抗意识的眼睛；也许她早知道我与远方的姑姑经常通信，班主任没有要求看我的信。但我的心还是疼了很久很久，为了张艳，也为我的老师……

减不下去的“山”

鲁 菁

常常在报纸上看到有关呼吁减轻中小学生课业负担的报道。但对于那些直到深夜十一二点才肯罢休的“夜猫子”来说，那根本是些不痛不痒的废话，因为来自各方的压力都使他们不得不在题海中苦斗。

首先要面对的压力，来自于学校的老师。在许多老师的眼中，好的成绩等于多的作业。于是，习题似乎成了他们惟一的也是最有效的法宝。面对有些学生的抱怨，老师们总会说：“我只是布置了两张卷子，根本就没多少。”但不知老师们是否计算过“2+2+2……”？当一个学生面对成倍的“2”时，想不熬到深夜也不行。

其次，是家长对孩子的期望。也许因为现在的家庭都是独生子女的缘故，父母们对自己的孩子总是有着万分的期盼。每当深夜，看着孩子做着一大堆厚厚的"X"时，他们总会露出欣慰的笑容。但是，对于"X"的对错，他们一般不会过问，因为他们只在乎孩子做了多少个"X"。于是乎，各种习题精选就塞满了那小小的书架。

其实，无论是老师还是父母，之所以这么做，都是出于对孩子的爱。作业繁重的根本原因在于残酷的应试教育。一位教育家曾经说过："面对高考的卷子，我无从下手。如果非要让我考的话，我一定是不及格。"也就是说，如果你不做高三那上千道的强化习题，背数万字的复习提纲，你是考不上大学的。而面对这高科技的时代，谁又愿意或者能够与大学失之交臂呢？

摆在当前莘莘学子面前的是几座由数、理、化……堆积起来的"山"，它们正等着学子们不断开垦。可现代的"愚公"们似乎已不似当年那般幸运了，因为曾经与子孙共同努力、一起挖山的他已经变成孤身一人；而那"不加增"的"山"也变得不断增高。唉，年少的"愚公"们，面对减不下去的"山"，你们何时才能"指通豫南，达于汉阴"呢？